A ILHA DO DOUTOR MOREAU

Título original: *The Island of Dr Moreau*
Copyright © Editora Lafonte Ltda., 2021

Todos os direitos reservados.
Nenhuma parte deste livro pode ser reproduzida sob quaisquer meios existentes sem autorização por escrito dos editores.

Direção Editorial	*Ethel Santaella*
Tradução	*Débora Ginza*
Revisão	*Valéria Stüber*
Texto de capa	*Dida Bessana*
Diagramação	*Demetrios Cardozo*
Imagens de capa	*dmitriip/Shutterstock*

Dados Internacionais de Catalogação na Publicação (CIP)
(Câmara Brasileira do Livro, SP, Brasil)

```
Wells, H. G., 1866-1946
   A ilha do Dr. Moreau / H. G. Wells ; tradução
Monteiro Lobato. -- São Paulo : Lafonte, 2021.

   Título original: The island of Dr. Moreau
   ISBN 978-65-5870-153-8

   1. Ficção científica inglesa Lobato, Monteiro,
1882-1948 II. Título.

21-76067                                    CDD-823.914
```

Índices para catálogo sistemático:

1. Ficção científica : Literatura inglesa   823.914

Cibele Maria Dias - Bibliotecária - CRB-8/9427

Editora Lafonte
Av. Profª Ida Kolb, 551, Casa Verde, CEP 02518-000
São Paulo - SP, Brasil – Tel.: (+55) 11 3855-2100
Atendimento ao leitor (+55) 11 3855-2216 / 11 3855-2213 – atendimento@editoralafonte.com.br
Venda de livros avulsos (+55) 11 3855-2216 – vendas@editoralafonte.com.br
Venda de livros no atacado (+55) 11 3855-2275 – atacado@escala.com.br

Impressão e Acabamento
Gráfica Oceano

H. G. WELLS

A ILHA DO DOUTOR MOREAU

tradução
Monteiro Lobato

Lafonte

Brasil – 2021

I	No escaler do "Lady Vain"	07
II	O homem que não estava indo para parte nenhuma	13
III	A cara estranha	21
IV	Na amurada da escuna	31
V	O homem que não tinha para onde ir	39
VI	O canoeiro de má catadura	47
VII	A Porta Fechada	57
VIII	Os urros do puma	67
IX	A coisa na floresta	75
X	O grito do homem	89
XI	A caça do homem	97
XII	Os mestres da lei	107
XIII	Negociação	121
XIV	Moreau explica-se	129
XV	Os habitantes da ilha	147
XVI	Gosto de sangue	155
XVII	A catástrofe	177
XVIII	O encontro de Moreau	187
XIX	A festa de Montgomery	195
XX	Só com os monstros	209
XXI	A reversão dos humanizados	217
XXII	O homem solitário	237

CAPÍTULO I
No escaler do "Lady Vain"

Não me proponho a acrescentar qualquer coisa ao que já se sabe sobre a perda do "Lady Vain". Esse navio colidiu com um casco flutuante dez dias depois de haver partido de Calao. Um escaler com sete homens da tripulação, dezoito dias após o desastre, foi acostado pelo "Myrtle", da esquadra britânica, e a história das privações passadas tornou-se logo tão conhecida como a da famosa jangada do "Medusa". Tenho eu agora de juntar ao que já foi publicado sobre o "Lady Vain" um caso igualmente terrível e muito mais estranho. A suposição geral de que os quatro homens do escaler hajam perecido não é certa. Posso assegurá-lo, visto que sou um deles.

Em primeiro lugar, devo dizer que nesse escaler nunca estiveram quatro homens, e sim três. Constans, que "pelo capitão foi visto projetar-se para dentro do escaler ("Daily News", 17 de março de 1887)", com muita felicidade para nós e muita infelicidade para ele, enganchou-se no emaranhado de cordas dos estais do gurupés, ficou por uns momentos pendurado de cabeça para baixo e depois caiu n'água de muito mau jeito, rebentando a cabeça em um tronco de mastro flutuante; quando o recolhemos estava já moribundo.

Digo felizmente para nós porque estávamos com pouca reserva de água e biscoitos, tão repentino fora o alarma e tão mal preparado para qualquer desastre se achava o navio. Julgamos, a princípio, que os náufragos abrigados na jangada se encontrassem mais bem providos (hoje sei que a situação era a mesma) e experimentamos chegar à fala. Não nos ouviram, e, na manhã seguinte, quando lá pelo meio-dia, o nevoeiro se dissipou, nada mais avistamos. Não nos podíamos manter de pé para espiar ao longe, em consequência do excessivo jogo do bote. O mar estava agitadíssimo, e todo nosso esforço mal dava para manter a embarcação em equilíbrio. Os outros dois homens que comigo lá se achavam eram um tal Helmar, passageiro como eu, e um marinheiro cujo nome perdi, homenzinho atarracado e gago.

Por oito dias, derivamos ao sabor das ondas, famintos e atormentados pelos horrores da sede. No terceiro dia, o mar foi amainando até tornar-se um espelho. É de todo impossível para o leitor fazer ideia do que foram esses oito dias, a não ser que haja passado por emergência semelhante. A partir do primeiro dia, pouco tínhamos a dizer um ao outro; quedávamo-nos em nossos lugares no bote, com a vista a sondar os horizontes ou a fixar-se nos olhos cheios de pavor e cada vez mais arregalados dos companheiros. O Sol fizera-se impiedoso. No quarto dia, ficamos sem água e nossos cérebros entraram a desvairar, com os estranhos desvarios a se refletirem nos olhos; e creio que foi no sexto que Helmar se abriu, dizendo o que tinha na cabeça. Lembro-me das nossas vozes, secas e fracas, e que para melhor poupar palavras inclinávamos o corpo na direção do interlocutor. Com toda a energia, declarei-me contra sua ideia, preferindo antes furar o bote para que perecêssemos todos juntos nas goelas dos tubarões que nos rodeavam; mas quando Helmar frisou que caso sua proposta fosse aceita teríamos água, o marinheiro gago se pôs do lado dele.

Desde esse momento ficaram ligados, e durante a noite o gago cochichava com Helmar a espaços, enquanto na proa eu me mantinha em guarda, de faca em punho, embora incerto de que houvesse em mim força para a luta. Pela manhã também aceitei a ideia de Helmar e tomamos uma moeda de meio pêni para tirar a sorte.

A sorte não favoreceu o marinheiro, o qual, como

o mais forte, não lhe aceitou o veredicto e lançou-se contra Helmar. Atracaram-se. Eu me arrastei para lá com a ideia de agarrar o marinheiro pela perna, mas não cheguei a tempo; como na luta se houvessem posto de pé, perderam o equilíbrio e lá se foram atracados para o mar. Afundaram como pedras. Lembro-me que me ri e depois me admirei de ter rido. O riso empolgara-me como algo vindo de fora.

Fiquei deitado no fundo do bote não sei por quanto tempo, meditando se teria coragem para beber água marinha e assim enlouquecer e morrer mais depressa. Estava nessa situação quando meus olhos viram, sem maior interesse do que se estivessem vendo uma pintura, uma vela que crescia em minha direção. Lembro-me como minha cabeça jogava aos movimentos do mar e como o horizonte e a vela dançavam ao longe. Também me lembro de que estava persuadido da minha morte e considerava simples brincadeira macabra vir vindo aquela vela apanhar meu cadáver.

Por um período, que me pareceu séculos, ali fiquei deitado a acompanhar com os olhos a dança do horizonte e da vela, uma pequena escuna de marcha extremamente morosa porque não havia vento. Nem por um só momento me passou pela cabeça a lembrança de fazer algo que lhe atraísse a atenção, e de nada mais me lembro daí por diante, exceto que quando dei acordo de mim, achava-me numa cabina de proa. Tenho uma vaga lembrança de ter sido levado a um passadiço onde se curvou sobre mim uma grande cara vermelha, sardônica e de barba loira em colar. Também tenho a vaga ideia de uma cara negra de olhos brilhantíssimos, que se inclinou para meu rosto como num exame — e fiquei convencido de que isso não passava de um pesadelo, até o momento em que revi essa cara.

CAPÍTULO II

O homem que não estava indo para parte nenhuma

A CABINA EM QUE VOLTEI A MIM ERA PEQUENA E MAL-
-arrumada. Um moço de cabelos loiros, bigodes cerdosos como de palha e beiço inferior caído estava sentado a meu lado, com a mão no meu pulso. Por um minuto, olhamo-nos sem murmurar palavra. Seus olhos eram cinzentos e úmidos, mas vazios de expressão.

Depois veio de cima um som de cama de ferro sacudida e o rosnido de algum

grande animal colérico. Justamente nesse instante, o homem a meu lado repetiu uma pergunta já feita:

— Como está se sentindo agora?

Creio que respondi estar muito bem. Eu não podia entender como me achava ali, e minhas dúvidas devem ter-se estampado em meu rosto porque o homem deu a explicação requerida.

— O senhor foi salvo de um bote desarvorado, apanhado a morrer de fome. O nome do navio a que pertencia o bote era "Lady Vain".

Ouvi isso e olhei para uma das minhas mãos, magra, chupada como bolsa encardida de couro com uns ossos dentro, e então toda a tragédia do naufrágio desenhou-se nítida em minha memória.

— Tome um gole disto — disse o homem, e deu-me uma dose de um líquido escarlate, gelado.

Tinha gosto de sangue, mas reconfortou-me.

— O senhor teve sorte — continuou ele — de ser apanhado por uma escuna que tem um médico a bordo — e sua voz me soou como babada e ciciosa.

— Que navio é este? — perguntei lentamente, com a voz ainda incerta e áspera em consequência do longo silêncio.

— Uma escuna mercante que passou por Arica e Calao. Nunca indaguei de onde ela vinha. Da terra dos que nascem loucos, com certeza. Sou um passageiro embarcado em Arica. O estúpido animal que dirige a escuna, capitão Davis, perdeu seus certificados, ou o que seja. O senhor conhece essa espécie de gente. O nome da escuna é "Ipecacuanha", o mais estúpido de todos os malditos nomes do inferno, pois quando há mar grosso, não existe nome mais adequado para a caranguejola.

O barulho lá em cima fez-se ouvir de novo, seguido do rosnar que eu já ouvira, desta vez de mistura a uma voz humana. Depois outra voz aconselhando alguém a desistir.

— Encontrei-o quase morto — prosseguiu meu assistente. — Estava praticamente morto, mas dei-lhe a beber umas coisas que fizeram a vida voltar. Não sente alguma dor nos braços? Injeções. Esteve insensibilizado durante umas trinta horas.

Minha cabeça pensava com lentidão. Latidos de cães distraíram-me.

— Já estou em condição de comer algo sólido? — perguntei.

— Graças a mim — respondeu ele. — Vamos ter hoje ensopado de carneiro.

— Ótimo que eu possa comer isso — murmurei.

Meu interlocutor hesitou uns momentos; depois disse:

— Estou ardendo de curiosidade. Queria saber como o senhor foi parar sozinho naquele bote.

Percebi uns laivos de receio em seus olhos.

— Diabo daquele barulho! — exclamou, sem esperar pela minha resposta, e deixou a cabina; logo depois percebi que altercava com alguém — um alguém que respondia com sons inarticulados. O caso terminou com bofetadas — pelo menos assim me pareceu. Em seguida, o homem gritou com os cães e reapareceu na cabina.

— Então? — foi dizendo da porta. — O senhor estava começando a contar sua história.

Dei-lhe meu nome, Edward Prendick, e narrei como me havia metido pela história natural como meio de encher o tempo, pois sou homem economicamente bem situado na vida. Ele mostrou-se interessado e disse:

— Pratiquei também um pouco de ciência, fiz minha biologia na universidade, com estudos "in anima vile". Meu Deus! Lá se vão dez anos, mas, vamos, conte-me do bote.

Ficou satisfeito com a franqueza da minha história, que lhe contei resumidamente em vista de estar ainda horrivelmente fraco, e quando concluí, voltou ele ao tópico da história natural e dos seus estudos biológicos. Pôs-se a questionar-me a respeito da Tottenham Court Road e da Grower Street.

— O Caplatzi continua florescente? Que casa era aquela!

Havia sido, sem dúvida, um estudante vulgar, porque caiu imediatamente no tema dos *music halls* e pôs-se a desfiar anedotas.

— Passado, passado. Dez anos! Como tudo parecia lindo! Eu, entretanto, fiz de mim um perfeito asno. Descarrilei antes dos vinte e um... mas tenho de ir ver o que aquele outro asno do cozinheiro está fazendo com o carneiro.

Os rosnidos lá em cima continuavam, agora com um acento de cólera que me impressionou.

— Que é aquilo? — perguntei, mas nesse momento a porta bateu — o homem saíra.

Quando regressou, trazia um prato de carneiro cozido; o cheiro delicioso fez-me esquecer o estranho barulho lá de cima.

Depois de um dia de sono alternado com alimentação, senti-me forte o suficiente para deixar o catre e ir espiar o oceano pelo óculo da escotilha. A escuna corria de vento à popa. Montgomery — era o nome do homem de barba loira — voltou de novo e aproveitei o ensejo para lhe pedir roupas. Forneceu-me alguma das suas, dizendo que a minha havia caído no mar. Vesti-as. Ficaram-me folgadas porque Montgomery era de corpo mais alentado.

Incidentemente disse-me que o capitão estava estirado em sua cabina, bêbedo. Enquanto me arrumava, perguntei-lhe sobre o destino da escuna.

— Vai rumo à ilha de Havaí, mas eu desembarco no caminho.

— Onde?

— Numa ilha... Numa ilha onde moro. Tão remota que nem nome tem.

Ao dizer isso, olhou-me de tal maneira que compreendi não dever levar mais longe a minha curiosidade. Calei-me.

CAPÍTULO III
A cara estranha

Deixamos a cabina e encontramos na escada um homem que nos barrava o caminho. Estava de pé, de costas para nós, espiando o tombadilho — um homem malposto, retaco, largo de espáduas, meio corcovado, de cabeça enterrada nos ombros. Vestia um sarjão azul, que entonava com os grossos e ásperos cabelos negros. Ouvi, nesse momento, os invisíveis cães latirem furiosos. Ao passar pela estranha criatura, ela encolheu-se e nossas mãos se esbarraram. Seus movimentos tinham a alerteza própria dos animais selvagens.

A visão daquela cara negra impressionou-me profundamente. Um rosto deformado de modo singular. O queixo saliente lembrava focinho, e a enorme boca semiaberta mostrava dentes como eu nunca vira em boca humana. Os olhos eram vermelhos de congestionamento sanguíneo, com apenas um círculo branco em torno das pupilas castanhas. Seu rosto denotava extrema excitação.

— O diabo o leve! Por que é que está aqui a nos atrapalhar o caminho?

O cara-negra recuou, sem pronunciar palavra.

Continuei a subir a escada, com os olhos presos instintivamente na estranha criatura. Montgomery deteve-se por um momento.

— Você nada tem a fazer aqui, bem sabe disso — gritou-lhe em tom enérgico. — Seu lugar é na proa.

O interpelado acovardou-se. "Eles... não me querem lá" — murmurou lentamente, com uma esquisita aspereza de voz.

— Não o querem lá? — repetiu Montgomery em tom ameaçador. — Porém, quero-o eu. Vá para lá. Suba.

Senti que ia dizer mais alguma coisa, mas olhou para cima, viu-me e calou-se, continuando a subir a escada. Eu, já no topo, parara, olhando para baixo, ainda impressionado com a horrível feiura daquele monstro. Nunca vira uma deformação de rosto mais horrível, mais repulsiva e extravagante; e, todavia, tive a sensação de que, não sei como nem quando, já havia encontrado feições e gestos como aqueles. Ocorreu-me depois que talvez houvesse visto aquela mesma criatura quando fui introduzido na escuna em estado de semi-inconsciência. Vira-o como em pesadelo e guardava disso impressão no subconsciente, embora me admirasse de ter podido ver aquela cara sem guardar as circunstâncias do encontro.

O movimento de Montgomery para me seguir tirou-me das vistas; voltei-me então e corri os olhos pelo tombadilho da escuna. Eu já estava meio preparado para o que desse e viesse graças aos sons estranhos que ouvira. Que tombadilho imundo! Forrado de detritos de verdura esmagados pelos pés dos homens — uma sujeira grossa. Presos com cadeias vi uns tantos cães veadeiros, que se puseram a latir contra mim. Rente ao mastro de mezena estava uma jaula extremamente estreita com um grande puma dentro; a fera mal podia mexer-se. Mais adiante, gaiolas com coelhos, e, num engradado, um lhama solitário. Os cães traziam focinheiras de couro. O único ser humano que por lá vi era o esca- veirado marinheiro que tinha as mãos na roda do leme.

A escuna estava com todas as velas armadas e pandas com o vento um tanto áspero que fazia. Céu claro, sol em começo de descambar, pois já passáramos o meio- dia. Longas vagas que o vento encapuchava de espuma corriam conosco. Fomos para a popa e vimos a água espumejar sob a quilha, com grandes bolhas que rebentavam logo depois de emersas. Dali pude devassar todo o tombadilho.

— Parece uma ménagerie marinha — murmurei.

— Isso lá parece, sim — concordou Montgomery.

— E para que tantos animais? Negócios? Curiosidade? Pensa o capitão em negociá-los nos mares do sul?

— Creio que sim — foi a resposta dubi- tativa de Montgomery — e pusemo-nos de novo a andar.

Subitamente ouvi um latido e uma rajada de blasfêmias vinda da escotilha, de cuja escada logo irrompeu o homem da cara estranha. Vinha seguido de um alentado sujeito de cabelo de fogo e boné branco. À vista do monstro os cães, que já haviam cessado de latir contra mim, romperam em alarido infernal, terrivelmente excitados e a estirarem-se nas correntes. O cara-negra hesitou — entreparou e deu tempo a que o de cabelo de fogo o alcan-çasse e lhe arrumasse uma tremenda punhada no ombro. O pobre diabo desabou como um boi de corte ao receber o estilete na nuca, e rolou por sobre o lixo do chão, ao alcance dos cães furiosos. Não estivessem açaimados e o estraçalhariam. O cabelo de fogo deu um grito de exultação e por um instante vacilou, em sério perigo de rodar pela escada abaixo ou de cair sobre sua vítima.

Logo que o cabelo de fogo aparecera na escada

Montgomery gritara: "Pare!" em tom de ameaça. A seguir dois marinheiros surgiram do castelo de proa.

O cara-negra, sempre a emitir aqueles rosnidos mais de animal que de criatura humana, jazia ainda por terra, apisoado pelos cães. Ninguém fazia um gesto para acudi-lo e não podendo mordê-lo os cães marravam-no com as cabeças, dançando sobre seu corpo. Os dois marinheiros os açulavam. Montgomery lançou uma exclamação de cólera e em passadas largas cruzou o tombadilho. Eu o segui.

O cara-negra conseguira pôr-se de pé e foi recuando aos cambaleios; deteve-se na amurada, ofegante, a olhar os cães com olhos de pavor. O homem de cabelo de fogo ria-se satisfeito.

— Escute, capitão — disse Montgomery com seu cicioso a acentuar-se e agarrando o interlocutor pelos ombros. — Isto não pode continuar assim.

Eu me colocara atrás de Montgomery. O capitão voltou-se e encarou-o com os olhos pesados da bebedeira.

— Que é que não pode continuar? — replicou com voz arrastada e concluiu com uma praga: — Maldito corta-gente!

Com um movimento brusco, arrancou-se das mãos de Montgomery, e depois de duas inúteis tentativas para um tranco, meteu nos bolsos as mãos sardentas.

— Este homem é um passageiro — prosseguiu Montgomery — e já preveni ao senhor de que não lhe deve pôr a mão em cima.

— Vá para o diabo! — gritou o capitão com voz rouca. — Faço o que quero no meu navio. Não tenho que dar contas a ninguém.

Julguei que Montgomery o fosse deixar em paz visto que estava a cair de bêbedo, mas, em vez disso, ficou ainda mais pálido e avançou para o capitão.

— Olhe aqui — disse-lhe enérgico. — Esse homem é meu e não deve de nenhum modo ser maltratado. Está perturbado da cabeça de tanto que o atropelam a bordo.

Por um minuto, os vapores de álcool mantiveram fechada a boca do capitão. Depois, praguejou de novo.

— Maldito corta-gente!

Percebi que Montgomery era desses temperamentos pertinazes que se esquentam em grau crescente quando querem qualquer coisa e nunca voltam atrás — e pareceu-me que aquela disputa vinha já de longa data.

— O homem está bêbedo — disse-lhe eu para acomodar a situação —, não vale a pena insistir com ele.

Montgomery torceu os lábios de maneira sugestiva.

— Bêbedo anda sempre. Acha que isso justifica o modo pelo qual trata os passageiros?

— Meu barco — retorquiu o capitão apontando para as gaiolas e jaulas — era um navio limpo. Veja como anda agora. Um chiqueiro.

— O senhor concordou em receber esses animais.

— Eu só queria nunca ter posto os olhos na sua ilha infernal. Para que diabo quer feras por lá? E aquele tal homem... O senhor me disse que era um homem, mas não é. É um lunático e nada tem que fazer aqui em cima. Julga, então, o senhor que o navio inteiro lhe pertence?

— Foram seus marinheiros que me atordoaram o homem logo que ele embarcou, o pobre-diabo.

— É o que ele é, um diabo, sim, um diabo horrendo. Meus homens não podem suportá-lo. Nem eu. Nem ninguém. Nem o senhor tampouco.

Montgomery voltou ao ponto inicial.

— Deixe-o em paz, está entendendo? É só isso que quero.

O capitão, porém, queria continuar na disputa e ergueu a voz.

— Pois se ele me aparece cá em cima outra vez, ponho-lhe as tripas à mostra, isso é o que é. Rasgo-lhe a barriga. Quem é o senhor para me dizer o que devo fazer no meu navio? Saiba que sou o capitão e o dono disto tudo. Sou a lei, está ouvindo? Sou a lei e o profeta. Tratei trazer de Arica uns animais e um homem, mas não tratei trazer um diabo e um corta-gente, um...

Não importa o nome insultuoso que ele acrescentou e que fez Montgomery avançar de punho cerrado. Interpus-me.

— Ele está bêbedo, não sabe o que diz! — gritei, e como o capitão insistisse no insulto berrei-lhe: — Cale-se! — com isso atraí a tempestade para meu lado e tive que arcar com a rajada de insultos do barba vermelha.

Não obstante, consegui o que visara evitar: que Montgomery se atracasse com o bêbedo. Não creio que em minha vida havia ouvido tantos nomes insultuosos, alguns bem duros de tragar, mas como tenho domínio sobre mim, contive-me. Além de que, estava naquele navio por mero favor, sem haver pagado dinheiro nenhum e, portanto, em má situação para virar o valente. O capitão alegou isso e tive de o engolir, mas, fosse como fosse, consegui evitar a luta.

CAPÍTULO IV

Na amurada da escuna

Naquela tarde, avistamos terra e a escuna fez-se de rumo à costa. Montgomery deu a entender que era lá o destino do navio. Ficava essa terra muito afastada para que fosse possível divisar detalhes; eu só distinguia uma faixa azul estampada no tom gris do céu, e no meio uma fumaça que se erguia a prumo.

O capitão não estava no tombadilho quando avistamos terra. Depois de dar largas à cólera, havia descido, e àquela hora roncava em sua cabina. O imediato assumira o comando. Era o tal marinheiro magro que eu vira na roda do leme. Aparentemente também andava de avesso com Montgomery, pois não nos deu a menor atenção. Jantamos em sua companhia, num desagradável silêncio, depois de falharem as três tentativas que fiz para quebrar o gelo. O homem mostrava-se hostil a meu amigo e à sua carga viva e Montgomery conservou-se reticente quanto a seus propósitos de viagem. Apesar da minha natural curiosidade, não insisti.

Terminado o jantar, ficamos no tombadilho até

que o céu todo se recobrisse de estrelas. Salvo ocasionais rumores no castelo de proa, já de luzes acesas, e aqui e ali um movimento nas jaulas, o silêncio a bordo era profundo. O puma estava agachado qual mancha negra no fundo da sua prisão, a olhar-nos com os olhos muito brilhantes. Os cães pareciam adormecidos. Montgomery fez alguns cigarros.

Conversamos sobre Londres e falou-me ele dessa cidade em tom saudoso, indagando de uma série de coisas que estavam em andamento quando de lá partiu. Montgomery discreteava como um homem que houvesse vivido boa vida na grande metrópole e subitamente fosse obrigado a deixá-la para sempre. Contei-lhe o que pude de cem assuntos diversos, e durante toda a conversa a estranheza daquele homem me foi impressionando cada vez mais. Tenho ainda presente na memória sua face pálida, vista à débil luz de uma lanterna suspensa atrás de mim. Do seu rosto enigmático, eu pousava os olhos nos negrores do mar, já nada podendo distinguir da terra avistada. Nunca me esquecerei desse momento.

Aquele homem (parecia-me) tinha emergido das profundezas da Imensidade unicamente para me salvar a vida. E breve iria desaparecer dela para sempre. Ora, esse fato, mesmo em circunstâncias normais, far-me-ia refletir; natural, pois que naquelas circunstâncias excepcionais me impressionasse vivamente. Havia, antes de tudo, a singularidade de ser uma criatura educada e de viver numa ilha desconhecida; e havia depois seu estranho séquito de animais selvagens e daquele feio monstro humano. E a mim mesmo me propus a pergunta do capitão: Para que desejava tais bichos? E por que, também, nas primeiras horas do nosso encontro, quis fazer-me crer que os animais não eram seus? E o tal companheiro de cara negra, o lunático, o diabo, como dizia o capitão? Estas circunstâncias punham um halo de mistério em redor daquele homem, mistério que me empolgava a imaginação e me embaraçava a língua.

Lá pela meia-noite, nossa palestra sobre Londres morreu e ficamos na amurada, ombro a ombro, com os olhos no céu recamado de estrelas, cada qual às voltas com seus pensamentos. Momento propício para a sentimentalidade e que despertou em mim a gratidão.

— Não me posso esquecer de que o senhor me salvou a vida — comecei.

— Sorte — respondeu ele. — Apenas sorte.

— Porém, tenho de ficar eternamente grato ao agente da sorte.

— Não tem que agradecer a ninguém. O senhor estava em perigo de vida e eu possuía os conhecimentos médicos que o poderiam salvar; fiz-lhe aquelas injeções e dei-lhe aquela alimentação como apanharia um novo espécime para a minha coleção. Eu estava aborrecido com a monotonia de bordo e precisava fazer qualquer coisa que me distraísse. Se naquele dia eu não estivesse nesse estado de alma, ou se não houvesse gostado da sua cara, não sei onde o senhor estaria neste momento...

Essa ducha fria arrefeceu-me um bocado.

— Em todo o caso... — comecei.

— Sorte — interrompeu ele — sorte, como tudo na vida. Só os asnos não percebem que tudo na vida é acaso, sorte, chança, jogo. Por que estou eu cá neste momento, exilado da civilização em vez de em gozo dos prazeres de Londres? Simplesmente porque, onze anos atrás, perdi por dez minutos minha cabeça, certa noite de nevoeiro...

Calou-se, como interrompendo-se. Espicacei-o:

— E...

— É só isso.

Recaímos em silêncio. Em seguida, ele sorriu e disse:

— Há qualquer coisa nas noites estreladas que nos solta a língua. Sou um asno de estar querendo contar mais do que devo.

— O que quer que me conte ficará sempre guardado comigo. Pode confiar em seu interlocutor.

Senti que Montgomery estava a pique de iniciar confidências; mas dominou-se.

— Não — disse. — Segredos nunca devem sair dos cofres, apesar de que é um alívio contar um segredo. Obrigado pela confiança. Porém, se eu...

O homem tornava-se uma reticência viva e percebi que o colhera num momento de frouxidão. Para dizer a verdade toda, eu não me sentia realmente curioso de conhecer os motivos que tinham afastado de Londres aquele estudante de medicina. Possuo imaginação e, pois, dei de ombros e movi-me dali. Debruçado na amurada, logo adiante, vi um vulto negro. Era o estranho assistente de Montgomery. Voltou-me o rosto quando passei por ele, e nada mais.

Parecer-vos-á coisa de nada, esse simples movimento de cabeça, mas valeu-me por um golpe. A única luz que tínhamos próxima era a que provinha da lanterna da casa do leme. O rosto do homem voltara-se para mim num movimento rápido e banhara-se nessa luz, permitindo-me que lhe vislumbrasse nos olhos um brilho verde.

Por essa época, eu não sabia que uma tal luz não é rara em olhos humanos, e tive-a como algo absolutamente inumano. A cara negra, com aqueles olhos de fogo, impressionaram-me fundo, como nos acontece quando em criança somos tomados de algum terror pueril. Porém, o efeito foi rápido. Montgomery aproximava-se.

— Acho que é tempo de recolher-nos — disse ele. — Basta por hoje.

Não sei o que lhe respondi, mas descemos juntos e dei-lhe boa-noite na porta da minha cabina.

Tive bem maus sonhos essa noite. A Lua apareceu pela madrugada e deitou uma faixa de luz sinistra para dentro do meu camarote. Os cães lá em cima despertaram e uivaram. Dormi por acessos e saltei da cama antes que a aurora rompesse.

CAPÍTULO V

O homem que não tinha para onde ir

Bem de manhã — era a segunda manhã depois da minha convalescença — mal saí do tumulto dos sonhos trágicos, e já percebi um tumulto real por cima da minha cabeça. Esfreguei os olhos e pus-me atento, ainda incerto do lugar em que me achava. Nisto, ouvi rumor de pés descalços, de objetos arremessados e de correntes arrastadas. A água do mar foi açoitada violentamente e espumejou férvida; um jato de espuma veio lavar o vidro da escotilha da minha cabina. Vesti-me depressa e fui para o tombadilho.

Quando atingi o alto da escada, vi estampado de encontro ao Sol o vulto do capitão, de costas, com os cabelos vermelhos qual halo de chamas, e por sobre seu ombro, lá adiante, vislumbrei o puma rente ao mastro de mezena. A pobre fera estava horrivelmente apavorada e encolhida no fundo da gaiola.

— Ao mar, ao mar! — berrava o capitão. — Ao mar com ele! Havemos de deixar este navio limpo como era.

Como o capitão estivesse a me trancar o caminho, tive de tocar-lhe no ombro para que me desse passagem. Voltou-se de chofre e recuou uns passos, a encarar-me a fito. Percebi que ainda estava bêbedo.

— *Hello!* — exclamou estupidamente; e depois, com um brilho nos olhos: — Ah, *Mister*... *Mister*...

— Prendick — ajudei.

— Prendick o diabo! O seu nome é Cale-a-boca. *Mister* Cale-a-boca!...

Não era prudente retrucar; calei-me, mas nunca esperei o que sobreveio. Ele estirou a mão para o portaló onde Montgomery estava a falar com um alentado sujeito de cabelos brancos, vestido de blusa de flanela e que parecia novo a bordo.

— Por ali, *Mister* Cale-a-boca. É ali o caminho — rugiu o capitão.

Montgomery e seu companheiro voltaram-se.

— Que é que o senhor quer dizer? — indaguei.

— Quero dizer que o caminho é por ali, *Mister* Cale-a-boca. É isso. Fora do navio, *Mister* Cale-a-boca, e depressa! Estamos limpando a escuna. A sujeira vai toda para o mar.

Olhei para ele atônito, sem nada compreender.

Nisto me ocorreu que acontecia justamente o que eu desejava, e que estava finda a triste perspectiva de continuar ali como único passageiro da escuna de tal bêbedo. Voltei-me para Montgomery.

— Não posso levá-lo — disse concisamente seu companheiro.

— Não pode levar-me?! — exclamei assombrado.

Era um homem de feições resolutas como ainda não vira em ninguém.

— Escute, atenda-me — comecei, dirigindo-me de novo ao capitão.

— Fora, fora! — gritou este. — Meu navio não foi feito para abrigar feras, antropófagos e coisas ainda piores. Fora daqui... *Mister* Cale-a-boca. Se eles não o tomam, eu o despejo por cima da amurada. Vá-se com seus amigos. Não quero mais negócios com a gente dessa abençoada ilha. Estou farto.

— Mas, Montgomery... — implorei.

Montgomery fez seu clássico gesto de beiço e meneou a cabeça como a significar que quem mandava era o homem de cabelos grisalhos, não podendo ele pessoalmente nada fazer por mim.

Começou então um jogo de empurra. Alternadamente apelei para cada um daqueles três homens: a dois pedindo que me desembarcassem; e ao terceiro, que me permitisse ficar a bordo. Também procurei interessar em meu caso os marinheiros. Montgomery não pronunciou uma palavra; apenas sacudia a cabeça.

— O senhor vai ser jogado ao mar, não tem remédio — era o estribilho do capitão. — Eu aqui sou rei, sou a lei.

Por fim, devo confessar, minha voz me traiu no meio duma tremenda ameaça. Senti-me tomado de um súbito acesso de histeria e caminhei para a proa maquinalmente, de olhos arregalados.

Entrementes, os marinheiros precipitavam o desembarque das bagagens, gaiolas e jaulas. Uma grande lancha estava encostada à escuna, para a qual a estranha carga era descida; não pude perceber que mãos iam recebendo os volumes, porque a amurada me tirava a vista do casco da embarcação.

Nem Montgomery nem seu companheiro me deram a mínima atenção, ocupados que estavam em dirigir o desembarque. O capitão ficara por ali, mais interferindo e atrapalhando do que ajudando. Mostrava-se alternativamente furioso e resignado. Uma ou duas vezes, enquanto eu aguardava o desdobrar dos acontecimentos, não pude deixar de sorrir da minha miserável situação. Sentia-me ainda mais abatido pela ausência do *breakfast*, que não tomara aquela manhã. Fome e deficiência de glóbulos vermelhos no sangue tiram toda a virilidade a um homem. Percebi claramente que eu não teria a coragem de resistir ao capitão nem de forçar Montgomery a me levar consigo. E, pois, só me restava esperar passivamente pelo que desse e viesse.

Quando o trabalho da descarga chegou ao fim, começou a luta; fui agarrado e levado para o portaló e resisti muito pouco. Pude de lá observar de relance a estranheza dos homens que tripulavam a lancha de Montgomery. Porém, a lancha já estava cheia e em aprestos para largar. E largou. Uma faixa verde de mar se interpôs, cada vez mais larga, entre ela e a escuna; tive de agarrar-me para resistir à tentação de me projetar no oceano de cabeça para baixo.

Os tripulantes da lancha gargalharam alegres e Montgomery lançou a eles pragas. O capitão, o imediato e mais marinheiros vieram a mim e levaram-me para a popa. De lá, vi já descido na água o escaler do "Lady Vain" — com bastante água no fundo, sem remos nem mantimentos. Queriam meter-me nele. Resisti. Atirei-me ao chão. Amarraram-me a uma corda e desceram-me por ela.

O escaler foi desatracado da escuna e principiou a derivar. Com terror e completamente estuporado, vi a maruja do "Ipecacuanha" içar as velas e pôr o barco em movimento. Foi-se afastando. Seu vulto ia diminuindo...

Tonteado a princípio pelo imprevisto daquilo, eu mal cria no que sucedera e evitava olhar para a escuna. Agachei-me no fundo do escaler, com os olhos perdidos no imenso mar oleoso. Depois compreendi o horror da minha situação, sozinho naquele escaler e sem víveres. Voltei o rosto. A escuna já ia longe, com o capitão de cabelos de fogo a rir-se na amurada. Olhei para a ilha. A lancha de Montgomery estava quase a alcançar terra.

A crueldade inaudita daquela deserção tornou-se clara para mim. Eu não tinha meios de alcançar terra, a não ser que por acaso alguma corrente me impelisse para lá. Sentia-me ainda fraco do meu desastre recente; a coragem combalida dera de si completamente. Comecei a chorar como se fosse uma criancinha em abandono. Lágrimas a fio me deslizavam pelas faces. E pedi a Deus que me fizesse morrer logo. Impossível suportar de novo o martírio pelo qual havia passado tão poucos dias atrás.

CAPÍTULO VI
O canoeiro de má catadura

Os moradores da ilha, vendo o escaler flutuante ao léu, apiedaram-se de mim. Minha embarcação ia derivando lentamente para este e se aproximando da ilha de esconso; súbito, com histérico alívio, vi que a lancha fazia volta e vinha a meu encontro. Estava carregadíssima e, ao aproximar-se, pude divisar o homem grisalho que viera buscar Montgomery sentado entre os cães, sobre um volume das bagagens.

Olhava fixamente na minha direção, sem mover-se e calado. O cara-negra, sentado junto à jaula do puma, também me olhava. Havia ainda três homens de aspecto absurdo, e contra os quais os cães amiúde latiam. Montgomery, que vinha no governo, dirigiu a lancha para o escaler, a fim de o levar de reboque, visto não haver nela espaço para mais um passageiro.

Já recobrado da depressão histérica, saudei-o com louca alegria. Gritei-lhe que o escaler estava fazendo muita água e que se apressasse, e depois de atada a corda de reboque, pus-me firme no trabalho de baldear. Só depois de concluída essa tarefa, pude prestar atenção nos tripulantes da lancha.

O homem grisalho olhava-me ainda com a mesma expressão de bordo, onde havia inquietude e perplexidade. Quando meus olhos encontraram os seus, ele os baixou para o veadeiro que tinha aos pés. Era um homem solidamente construído, de fronte larga e feições fortes; mas seus olhos já tinham essa queda de pálpebras que a velhice dá; a boca, de cantos caídos, denotava teimosia. Em certo momento, falou qualquer coisa para Montgomery, que não pude ouvir. Examinei depois seus três companheiros, dos quais só podia ver as caras. Havia nelas algo que me causava uma indizível impressão de repugnância. Olhei-os fixamente e a impressão persistiu, embora eu não pudesse perceber o que a motivava.

Pareceram-me criaturas das raças bronzeadas, mas seus corpos estavam enfaixados dum pano sujo que lhes escondia até os dedos e os pés. Homens assim trajados eu jamais vira; e mulheres, só no Oriente. Usavam ainda turbantes, o que ainda mais acentuava o macabro das caras, de queixais ressalientes e olhos brilhantes. Tinham cabelos negros e lisos como crina de cavalo, e,, apesar de sentados, deram-me a sensação de serem de estatura gigantesca. O homem grisalho, que mediria uns bons seis pés de altura, parecia pequeno no meio deles.

Mais tarde, vi que nenhum era mais alto que eu, mas tinham o corpo anormalmente desenvolvido, com as pernas curtas e curiosamente entortadas. Formavam, pois, uma tripulação tremendamente feia, macabra, ainda mais pela acentuação decorrente de terem consigo o horrendo cara-negra, cujos olhos luziam como brasas no escuro.

Do mesmo modo que eu olhava para eles com espanto, assim também me enfitavam com curiosidade, mas a medo e só em relances furtivos. Senti que minha curiosidade os incomodava e voltei a atenção para a ilha.

Era uma terra baixa, coberta de vegetação espessa, composta sobretudo de uma variedade de palmeiras que eu desconhecia. Em certo ponto, levantava-se uma espiral de fumo branco que só muito em cima se dissolvia em penacho. A lancha entrara por um recôncavo flanqueado de dois promontórios baixos. A praia, de areia escura, subia íngreme a sessenta ou setenta pés acima do nível do mar, mostrando aqui e ali árvores isoladas e moitas de arbustos. A meia altura havia um cercado de pedra, que mais tarde verifiquei ser em parte coralina, em parte lava vulcânica. Dentro do cercado, erguiam-se duas cabanas cobertas de folhas de palmeira.

Um homem nos esperava na praia. Pareceu-me, enquanto ainda estávamos longe, divisar sob as árvores mais algumas criaturas semelhantes às que tripulavam a lancha, mas, ao aproximar-me, nada vi. O homem que nos esperava era de estatura meã e rosto visivelmente negroide. Tinha uma boca enorme e quase sem lábios, braços extraordinariamente magros, pés compridos e pernas curvas. Estava vestido como Montgomery e o homem grisalho, isto é, de blusa e calças de sarjão azul.

Ao nos aproximarmos, começou a correr pela praia de um lado para outro, fazendo os movimentos mais grotescos. À voz de comando de Montgomery, os quatro tripulantes da lancha puseram-se de pé e desajeitadamente manobraram, enquanto

Montgomery guinava para um pequeno embarcadouro escavado num ponto da praia. Esta doca, como eles lhe chamavam, era na realidade uma sanga aberta o necessário para receber aquela embarcação.

Ouvi o ruído do casco a esfrolar a areia do fundo, puxei a corda de reboque, acostei meu escaler à lancha e saltei em terra. Os três homens enfaixados fizeram o mesmo, de modo muito grotesco, e puseram-se a descarregar a embarcação, assistidos pelo homem da praia. Eu estava impressionado sobretudo pelos curiosos movimentos das pernas de tais criaturas — pernas que pareciam ter sido cortadas e emendadas errado. Os cães ainda rosnavam para esses homens quando o grisalho os tomou pelas trelas para o desembarque.

Os três enfaixados falavam entre si em sons guturais, e logo travaram-se de conversa, excitadamente, com o homem da praia; falavam numa língua estranha que não pude adivinhar qual fosse, embora me parecesse já a ter ouvido falar algures. O homem grisalho estava às voltas com os seis cães e gritava ordens no meio da inferneira de latidos. Montgomery, depois de destacar o aparelho do leme, saltou com ele em terra e foi ajudar o desembarque. Só eu permaneci inativo, tal era a minha quebreira de corpo e ânimo.

Em dado momento, o homem grisalho pareceu dar pela minha presença e veio a mim.

— O senhor parece que está a pender de fome...

Seus olhos pequenos semelhavam dois brilhantes negros.

— Desculpe-nos a desatenção — prosseguiu ele. — É agora nosso hóspede, embora não convidado, e havemos de lhe tornar a vida agradável aqui.

Disse e olhou-me firme nos olhos.

— Montgomery acha que o senhor é um homem educado, Mr. Prendick — diz que tem alguns conhecimentos científicos. Poderei saber quais são?

Respondi-lhe que havia cursado por alguns anos o Royal College of Science e feito investigações de biologia sob a direção de Huxley. A minha resposta fê-lo enrugar a testa.

— Isto muda um pouco o seu caso, Mr. Prendick — disse então em tom um pouco mais respeitoso. — Também nós aqui somos biologistas — e esta ilha é de algum modo uma estação biológica.

Seus olhos pousaram nos homens enfaixados, que naquele momento se ocupavam em deslizar sobre roletes a jaula do puma, rumo ao cercado de pedra.

— Eu e Montgomery, pelo menos, somos biologistas — continuou; e depois: — Quando poderá o senhor ir-se daqui, não sei. A ilha é fora de mão, afastada das linhas de tráfego. Só avistamos um ou outro navio cada ano.

Disse isso e deixou-me abruptamente tomando rumo do recinto de pedra. Montgomery estava com dois enfaixados a empilhar bagagem numa carreta de rodas pequenas. Na lancha só ficaram o lhama e os coelhos; o resto fora desembarcado. Completa a carga, Montgomery dirigiu-se para mim.

— Meu caro, confesso que estou satisfeito com o que sucedeu. Aquele capitão era um asno integral. Devia ter agido consigo mais humanamente.

— Foi o senhor quem me salvou, e pela segunda vez — disse eu.

— Isso depende. Vai achar esta ilha um sítio infernalmente estranho, verá. Eu, no seu caso, agiria com a máxima prudência. "Ele"... — Montgomery interrompeu-se, hesitante, e depois continuou, já em tom e tema diversos: — Eu queria que o amigo me ajudasse a lidar com os coelhos.

Seu modo de agir com os coelhos foi singular. Fui-lhe passando as gaiolas e ele as ia despejando em monte, depois de arrancadas as tampas. Depois bateu palmas para espantar os animaizinhos tontos, uns quinze ou vinte. "Crescei e multiplicai-vos, amigos!" — disse. — "Enchei a ilha. Andamos com falta de carne por aqui."

Enquanto eu assistia à dispersão dos coelhos, o homem grisalho se aproximou com uma dose de *brandy* e alguns biscoitos.

— Prendick — murmurou ele com familiaridade — tome isto para levantar as forças.

Não fiz cerimônia e devorei os biscoitos, enquanto Montgomery prosseguia no esvaziamento de outros engradados de coelhos, uns vinte mais. Três dos engradados, porém, não foram abertos e seguiram para as cabanas com o puma. Comi os biscoitos, mas não toquei na bebida, porque sou um abstêmio irredutível.

CAPÍTULO VII

A Porta Fechada

O leitor compreenderá que tudo ali era estranho para mim, que eu nada discernia nem nada compreendia do que me rodeava. Segui o lhama praia acima, rumo ao cercado de pedra, mas fui logo detido por Montgomery, que me pediu para não prosseguir. Notei então que o puma na sua jaula, e todos os mais volumes das bagagens, haviam ficado fora do recinto.

Voltei-me e vi que a lancha, já totalmente esvaziada, estava sendo posta em

seco e que o homem grisalho se dirigia para nós. Ao aproximar-se, disse a Montgomery:

— E temos agora o problema do hóspede não convidado. Que faremos dele?

— Poderá ajudar-nos; conhece um pouco de biologia — respondeu Montgomery.

— Estou ansioso por voltar ao trabalho com o novo material recebido — advertiu o homem grisalho com os olhos brilhantes.

— Estou vendo — disse o outro em tom nada cordial.

— Não podemos mandá-lo para lá — continuou o grisalho dirigindo-se a mim — e também não temos tempo de lhe construir uma nova cabana, além de que não sabemos se merece nossa confiança.

— Estou em suas mãos — murmurei, sem ter nenhuma ideia do que ele queria dizer com aquele "lá".

— Tenho estado a pensar nisso — declarou Montgomery, respondendo ao que o outro dissera. — Há aquele meu quarto com porta para fora...

— Está bem — concordou o grisalho, olhando para o companheiro — e nós três nos dirigimos para o recinto de pedra. — Lamento muito ter de ser misterioso, Mr. Prendick — mas não se esqueça de que não foi convidado. Nosso pequeno estabelecimento encerra um segredo, ou coisa que o valha; é uma espécie de quarto secreto de

Barba Azul. Nada mortal para um homem como o senhor. Porém, agora, como não o conhecemos...

— Eu seria um louco se me ofendesse com qualquer falta de confiança. Não me conhecem; nada mais natural que desconfiem.

O homem retorceu a boca num leve sorriso — era

um desses tipos saturninos que riem fazendo cair os cantos da boca — e com um aceno de cabeça agradeceu a minha complacência. Passamos pela entrada principal, que estava tomada pelas pilhas de bagagens; era um pesado portão de madeira com dobradiças de ferro. Perto havia outra entrada, de proporções menores e que eu não tinha notado. O homem grisalho tirou do bolso uma penca de chaves, abriu essa porta e entrou. Suas chaves, bem como o peculiar da fechadura, chamaram-me a atenção.

Eu o segui e encontrei-me num pequeno cômodo, simples, embora confortavelmente mobiliado, com a porta interna entreaberta e dando para um pátio empedrado. Montgomery teve o cuidado de cerrar imediatamente essa porta. Havia uma rede a um dos cantos, e a janela que abria para o mar tinha grade de ferro.

O homem grisalho declarou que seria aquele meu quarto; disse ainda que a porta "para prevenir acidentes", seria fechada do lado de fora. Também me chamou a atenção para uma cômoda cadeira preguiçosa junto à janela, e para uma estante de velhos livros perto da rede, na qual predominavam obras de cirurgia e clássicos latinos e gregos, línguas que desconheço. Notei que ele deixou meu quarto pela porta externa, a fim de não reabrir a que Montgomery havia fechado.

— Habitualmente teremos nossas refeições aqui — disse Montgomery antes de retirar-se. — "Moreau"... pareceu-me ouvi-lo dizer quando se reuniu ao outro, mas no momento não liguei importância a esse nome. Depois que comecei a remexer nos livros, entretanto, o nome passou a interessar-me. Onde já o tinha ouvido antes?

Sentei-me junto à janela, tirei do bolso o biscoito que me restava e pus-me a comê-lo com apetite.

"Moreau?"

Através da janela vi um daqueles inconcebíveis homens enfaixados, que vinha da praia com uma caixa. Logo o perdi de vista e então ouvi rumor de chave no portão grande — e os cães que se punham a rosnar dum modo curioso. A voz de Montgomery soou, acalmando-os.

Eu me achava seriamente impressionado com o segredo que os dois homens guardavam a respeito da ilha, e ao mesmo tempo insistia em recordar-me daquele nome Moreau. A memória, porém, não me ajudava; eu sabia que conhecia esse nome, mas não me lembrava das circunstâncias. Do esforço para recordar meu espírito pulava para a estranha esquisitice daqueles entes deformados e do que aguardara a lancha na praia.

Nunca tinha visto um andar como o deles nem tão desajeitados movimentos. Notei que nenhum me havia dirigido uma só palavra, limitando-se a olharem-me dum modo furtivo e particular, em absoluto diverso do modo de olhar dos selvagens. Que língua falariam? Eram taciturnos e quando conversavam entre si emitiam sons de articulação inapreensível. Quem eram? Quem poderiam ser? E aquele cara-negra, assistente de Montgomery?

Estava eu pensando nisso quando o cara-negra entrou. Vinha vestido de branco, com uma bandeja de café e mais coisas. Não pude reprimir um instintivo movimento de recuo no momento em que se curvou para depor a bandeja na mesinha.

O espanto paralisou-me. Por entre os cabelos negros, vi-lhe a ponta das orelhas — eram cobertas de pelo cor de chocolate...

— Seu almoço, senhor — murmurou ele.

Continuei de olhos arregalados, sem responder. O cara-negra retirou-se, olhando-me com estranheza por cima dos ombros.

Segui-o com os olhos e nesse momento me sobrenadou do subconsciente uma frase ainda incerta: "Os zorros de Moreau", a qual logo se ajeitou numa outra que me dormia na memória havia anos: "Os horrores...". Sim, coisa de dez anos atrás — "Os horrores de Moreau". A frase boiou por uns instantes à tona da memória, como procurando ajeitar-se a algum objeto, e finalmente se fixou em letras vermelhas num opúsculo que eu lera com arrepios de pele. Lembrei-me de tudo. Esse opúsculo, já com um enterro de dez anos em minha memória, ressuscitava vivamente. Eu era rapaz por aquele tempo e Moreau já teria uns cinquenta anos. Gozava fama de grande fisiologista, temido nos meios científicos pela precisão brutal com que abordava os assuntos.

Seria o mesmo? O velho Moreau havia feito espantosas comunicações científicas em matéria de transfusão de sangue e de desenvolvimentos vegetativos mórbidos. Estava no apogeu da fama quando, de súbito, teve de subtrair-se aos olhos do mundo. Um jornalista, com ideia de uma reportagem sensacional, colocara-se em seu laboratório como ajudante, e em consequência de um incidente ocasional, o opúsculo, que mais tarde publicou, teve ampla notoriedade. Esse incidente: um cão horrivelmente mutilado que fugira da casa de Moreau.

O diretor de um grande jornal, primo do tal repórter, fez barulho, apelando para a consciência da nação. Não era a primeira vez que a sensibilidade inglesa se voltava contra certos sistemas de investigação científica "in anima vile", e o doutor Moreau teve de abandonar Londres. Seus colegas investigadores o repeliram. A vida lá tornara-se para ele impossível. Algumas das suas experiências eram, segundo contava o repórter, de uma infinita crueldade. Moreau poderia ter reconquistado sua posição social desistindo daquele gênero de experiências; mas apaixonara-se e preferiu retirar-se para ir continuá-las em outro ponto do globo. Era celibatário e, portanto, livre de peias.

Fiquei na convicção de que aquele Moreau era o mesmo que eu viera encontrar na ilha. Tudo me indicava isso. E tive a intuição dos motivos pelos quais o puma e outros bichos haviam sido transportados para ali. Confirmava-se nessa intuição um cheiro característico que senti pairando no ar — um cheiro de laboratório, misto desses antissépticos usados nas câmaras operatórias. Estava a pensar nisso quando ouvi o puma roncar do outro lado do muro e um dos cães ganir como se fora batido.

Para um homem de ciência, ou um que sabe, nada mais horrível na vivissecção do que o segredo com que é conduzida. As orelhas pontudas e peludas e os olhos brilhantes do cara-negra, assistente de Montgomery, começavam a ter explicação. Essa ideia me deixou tonto. Pus-me a olhar para o oceano azul que via através do quadrângulo da janela e todos os estranhos fatos ocorridos naqueles últimos dias começaram a desfilar em minha memória.

Qual a significação de tudo aquilo? Um recinto de pedra numa ilha solitária... Um vivisseccionista... Aquele homem mutilado, retorcido...

CAPÍTULO VIII

Os urros do puma

Montgomery veio interromper o curso dos meus pensamentos, e seu assistente apareceu logo depois com uma bandeja de pão, vegetais cozidos, um frasco de *whiskey*, uma bilha de água, três copos e talheres. Olhei de soslaio para a estranha criatura e percebi que me examinava com olhos inquietos. Montgomery declarou que desejaria lanchar comigo, mas que Moreau estava muito preocupado com um trabalho em andamento.

— Moreau! — exclamei. — Conheço-o.

— Diabo! — exclamou Montgomery. — Fui imprudente em mencionar esse nome. Devia ter suspeitado que o senhor o conhecesse. E se o conhece deve ter uma vaga ideia dos nossos mistérios. Toma um pouco de *whiskey*?

— Obrigado. Não bebo.

— Sinto não dizer o mesmo. Porém, é inútil fechar a porta depois da casa roubada. Foi essa peste do *whiskey* que me botou aqui. O *whiskey* e uma certa noite de nevoeiro. Pareceu-me no momento um grande negócio aceitar a oferta que Moreau me fez. É estranho que...

— Montgomery — exclamei *ex abrupto* e logo que o cara-negra se retirou — por que tem este homem orelhas pontudas e peludas?

— Diabo! — fez ele olhando-me fixamente por instantes; depois repetiu minha pergunta; — "Orelhas pontudas?".

— Sim — afirmei o mais calmamente possível, dominando-me — "e com pelos escuros, de cão".

Montgomery serviu-se de *whiskey*, dizendo como que para si:

— Eu estava sob a impressão de que seus cabelos cobriam totalmente as orelhas...

— É que ele se curvou para largar a bandeja e, com esse movimento, o cabelo apartou-se, deixando-me ver as pontas das orelhas peludas. E também aqueles olhos que brilham no escuro, como os do gato...

Montgomery já se recuperara da surpresa da minha inopinada pergunta.

— Sempre calculei — disse ele deliberadamente, com certa acentuação do seu cicioso — que houvesse qualquer coisa naquelas orelhas, por causa do cuidado que tinha em cobri-las. Como são?

Essa ingenuidade soube-me a puro fingimento, mas eu não estava em situação de desmascará-lo.

— São pontudas — respondi — pequenas e cobertas de pelos. Aliás, aquele homem é uma das criaturas mais estranhas que ainda vi em minha vida.

Um rouco gemido de dor fez-se ouvir no recinto de pedra; voz de animal, e que, pelo volume, devia ser do puma. Montgomery piscou várias vezes.

— Sim? — continuou ele referindo-se ao que eu havia dito.

— Onde descobriram esse homem? — indaguei.

— Em... em S. Francisco... É um perfeito bruto, reconheço. De espírito fraco, como o senhor já deve ter percebido. Não se lembra quem é nem de onde procede, mas já estamos aqui acostumados com ele. Qual a característica desse homem que mais o impressionou?

— Pareceu-me não-natural — respondi. — Há qualquer coisa nele que não sei definir. Não me julgue fantasioso, mas aquele homem me dá a impressão de artificial e arrepia-me os nervos. Há nele um quê de diabólico.

Montgomery parou de comer enquanto eu dizia isto.

— De estranho, quer dizer. Pois a mim não o parece.

Prosseguiu na refeição, e depois:

— Sim, não me parece estranho. A tripulação do navio sentia do mesmo modo que o senhor. Tinham lá todos horror ao pobre homem. Viu como o capitão o tratava?

O puma urrou de dor novamente, desta vez de modo ainda mais lancinante. Montgomery não pôde reter uma praga dita a meia voz. Eu queria interpelá-lo sobre o homem que esperara a lancha na praia, mas o puma o impediu, pois se pusera a emitir uma série de gritos agudos e breves.

— Os homens que esperavam a lancha na praia, de que raça eram? — perguntei afinal.

— Homens... Excelentes criaturas, não teve essa impressão? — respondeu-me com o espírito ausente e de testa franzida, atento aos gemidos da fera.

Calei-me. Novo urro de dor irrompera. Montgomery encarou-me com seus profundos olhos cinzentos e serviu-se de mais *whiskey*; depois tentou interessar-me numa discussão a propósito do álcool, declarando que à força de álcool me havia salvado a vida. Respondi distraidamente.

Terminada a refeição, o homem de orelha peluda reapareceu, levou os pratos e Montgomery retirou-se. Estivera todo o tempo num estado de mal contida irritação causado pelos urros e gemidos do puma.

Também eu me senti singularmente irritado e condoído daquela dor a manifestar-se com tais urros, e que não cessavam. A persistência deles acabou por destruir o equilíbrio dos meus nervos. Joguei sobre a cama um volume de Horácio que tentava ler e nervosamente me pus a passear pelo quarto, de dedos crispados e mordendo os lábios.

O martírio da fera continuava. Tive de tapar os ouvidos.

A impressão emotiva daqueles urros foi crescendo em mim a ponto de se tornar insuportável. Eu não podia ficar toda a vida naquele quarto a ouvir aquilo. Saí. Saí a espairecer pelos arredores e notei que o portão principal estava encadeado.

Os gritos de dor eram mais audíveis lá fora e tão lancinantes que me deram a impressão de serem um resumo de todas as dores do mundo. É quando o sofrimento encontra sua voz que a piedade nos agita a alma. Aquela mesma dor sem gritos não me teria feito mal. Porém, tinha voz — e a despeito do brilho do Sol, do esplendor da vegetação tropical e das brisas frescas que me vinham do oceano, o mundo me aparecia numa confusão terrível, como que atravessado de manchas negras e rubras, e povoado de fantasmas. E foi assim até que eu caminhasse para bem longe, para um ponto onde a voz da dor não mais me chegasse aos ouvidos.

CAPÍTULO IX
A coisa na floresta

CAMINHEI LONGAMENTE POR DENTRO DA FLORESTA QUE beirava por trás do recinto de pedra, sem me preocupar para onde me ia dirigindo; entrei por um cerrado de troncos a pique, alcancei o alto do morro e desci a encosta até as margens de um pequeno curso de água. Lá me detive a pensar. A distância e o anteparo da massa de arvoredo impediam-me de ouvir os gritos do animal em tortura. O ar estava calmo. Um grande silêncio reinava. Um coelhinho apareceu, vindo aos pulos declive abaixo. Sentei-me a uma sombra.

O sítio tinha sua beleza. O riacho escondia-se num túnel de luxuriante vegetação marginal, com abertas aqui e ali nas quais o céu se refletia no espelho das águas. Olhando para cima, eu via nesgas de azul entremostrando-se nos rasgões do dossel que me abrigava. A espaços, manchas de um vermelho-vivo — epífitas aparasitadas nas forças dos galhos. Meus olhos erravam por aquele mosaico, enquanto meu pensamento insistia em rememorar o estranho de tudo que eu vira naquele deserto. O dia, porém, estava quente em excesso para que o cérebro me funcionasse a contento. A lombeira sobreveio, e breve me vi como que adormentado em semissonolência, ora a cochilar, ora a despertar de sobressalto.

Ao cabo de certo tempo, atraiu-me a atenção certo rumor na massa de verdura do outro lado do rio. Por um momento, nada mais vi senão o ondular dos fetos e das samambaias; depois, um vulto negro surgiu, que se achegou da água para beber. Era um homem — mas um homem a caminhar de quatro, um homem quadrúpede!

Estava vestido de pano azulego; tinha a pele acobreada a os cabelos de azeviche. Feiura monstruosa e grotesca parecia ser o característico dos moradores da ilha. Pude ouvir o rumor de sucção dos seus lábios no bebedouro.

Movi-me um pouco à frente para vê-lo melhor e, ao fazer isso, desloquei uma pedra que lá rolou dentro da água. A criatura ergueu a cabeça e seus olhos se cruzaram com os meus. Imediatamente pôs-se de pé e a limpar a boca com as costas da mão, olhou-me atônito. As pernas teriam metade da altura do tronco. Ficamos a olhar um para o outro por um minuto. Por fim, detendo-se a espaços para mais uma olhada, foi-se afastando e logo se sumiu na verdura. Fiquei imóvel, com os olhos na direção que ele tomara, atônito, sem saber o que pensar. Minha sonolenta tranquilidade fora-se.

Ouvi um barulho atrás de mim. Voltei-me assustado. Era um coelho branco que, ao perceber-me, desapareceu.

A visão daquela criatura meio homem, meio animal tirara-me toda a tranquilidade. Eu olhava em torno com nervosismo, lamentando estar desarmado. Depois, a lembrança de que o bicho estava vestido de pano azul fez-me pensar que não se tratava de nenhum selvagem perigoso e sim de mais um dos serviçais de Moreau, apenas feroz no aspecto, mas na realidade inofensivo.

A inesperada aparição, entretanto, não cessava de produzir seus efeitos. Por mais que raciocinasse, a calma não me vinha aos nervos. Pus-me a caminhar ao longo do riacho, espiando em todas as direções e atento aos menores rumores. Por que andava aquele homem de quatro e bebia ao modo dos quadrúpedes? Por quê? Por quê? Nisto ouvi longe um gemido. Havia de ser o puma, e tomei o rumo oposto. Uma volta do riacho barrou-me o caminho. Saltei-o e entrei a caminhar pela margem oposta.

Chamou-me a atenção um fungo vermelho, corrugado e foliáceo qual um líquen, mas deliquescente e gelatinoso ao toque. Logo adiante, descobri sobre uma moita de avenças o cadáver de um coelho já visitado de brilhantes moscas azuis. Tinha a cabeça cortada e ainda não resfriara, sinal de que passara por ali momentos antes um morador da ilha.

Não havia outros traços de violência em redor. O coelho havia sido agarrado e morto. Fiquei a olhar para aquele corpinho peludo, tentando reconstruir como a coisa se dera, e o vago terror que se apossara de mim ao ver o homem quadrúpede no bebedouro acentuou-se. Comecei a compreender o arriscado daquela minha incursão em tal floresta e a ver perigos de todas as bandas. Cada sombra me parecia uma trapa; cada rumor, uma ameaça. Coisas invisíveis e hostis como que me cercavam.

Deliberei voltar ao recinto de pedra e precipitei-me, rompendo frenético por entre os arbustos, como a fugir de inimigos que me vinham no encalço.

Uma pequena clareira defrontou-se a minha frente. Detive-me a observar. Fora feita pela queda de uma grande árvore e já a vegetação circunvizinha emitia rebrotos para ocupar o espaço vazio. O tronco abatido estava coberto de musgos, líquens e orelhas-de-pau. Sentados nele divisei por entre a folhagem três vultos grotescos. Um evidentemente mulher; os outros, homens. Nus todos, apenas com tangas e de uma cor de pele que eu nunca vira em selvagem nenhum — castanho-avermelhado. Tinham a testa fugidia e nada de queixo; na cabeça, muito pouco cabelo. O aspecto não podia ser mais bestial.

Estavam conversando, ou pelo menos um dos homens estava contando qualquer coisa, que os demais ouviam com tanta atenção que não pressentiram a minha chegada. Meneavam a cabeça com espanto admirativo. As palavras do narrador eu as ouvia distintamente, embora não percebesse coisa nenhuma. Parecia estar recitando uma lengalenga monótona e decorada. Depois começaram todos a falar ao mesmo tempo, atabalhoadamente, com grande abundância de gestos grotescos. Pude notar a extrema curteza das pernas e o comprido e estreito dos pés. Devia ser uma cerimônia, pois passaram a girar em círculo, batendo os pés e agitando os braços; uma toada rítmica irrompeu, com um refrão "Alula", ou "Balula", não pude precisar. Os olhos despendiam chispas e uma feroz expressão de prazer estampavam suas faces. As bocas começavam a espumejar.

Subitamente, enquanto escondido numa moita, eu seguia aquelas macaquices, fui percebendo com clareza o que me produzia aquela impressão entre estranho e familiar. As três criaturas empenhadas no misterioso rito eram humanas na forma, mas com mistura de qualquer coisa de animal conhecido. A despeito da grosseira forma humana e das tangas de pano azul, tinham um tom, uma feição muito pronunciada de porco.

Fiquei atônito ao perceber aquele misto, e mil questões entraram a me torturar o cérebro. Os bichos davam pulos e emitiam roncos que eram perfeitos grunhos de porco. Às vezes, caíam de quatro e pulavam algum tempo assim; depois se punham de pé. Era uma visão demasiado forte para meus nervos. Fugi.

Recuei lentamente, fazendo o menor barulho possível, a fim de não me denunciar e breve me vi longe dali. Só então retomei o controle dos nervos, passando a refletir com acuidade no que tinha a fazer.

Minha ideia no momento foi afastar-me o mais rápido possível daqueles monstros, e fazendo isso fui dar numa trilha por entre as árvores. Segui por ela afora. Súbito, percebi na minha frente, a uns vinte passos adiante, duas pernas grotescas que caminhavam sem barulho, com pés de lã. A cabeça e o tronco estavam ocultos pelas trepadeiras. Estaquei de chofre, esperançoso de que a criatura não me tivesse percebido. As pernas pararam também. Tão nervoso me sentia que foi a custo que me contive; o ímpeto era para uma carreira em fuga louca e cega.

Por uma aberta na verdura pude vê-lo inteiro: era o mesmo bruto que eu observara de quatro, a beber. Movia a cabeça. Notei-lhe um brilho de esmeralda nos olhos, no momento em que o seu olhar se cruzou com o meu. Súbito, desapareceu de um salto, mas fiquei na certeza de que estacionara por ali perto, sempre a espiar-me e a acompanhar-me.

Que diabo de animal era aquele? Homem ou bicho? Que queria comigo? Eu estava desarmado, sem sequer um pedaço de pau. Lutar seria loucura. Ao que parecia, entretanto, a "coisa" não se achava com ânimo de me atacar. Reunindo todas as minhas energias, avancei firme, com o propósito de não demonstrar na atitude o medo que me gelava o coração. Logo adiante, avistei-o de novo, a olhar-me por sobre o ombro, hesitante. Avancei mais dois passos, dando a maior firmeza ao olhar.

— Quem é você? — gritei.

O bicho procurou enfrentar-me.

— Não! — exclamou de súbito, e deu uns pulos, afastando-se. Parou de novo e continuou a olhar-me com olhos que brilhavam como gemas no escuro da floresta.

Eu tinha o coração na boca, mas sentia que o salvamento estava em impor-me àquela criatura pela audácia — e continuei a avançar firme. O bicho deu novos pulos para a frente e desapareceu da minha vista.

O Sol se pusera minutos antes e a noite descia apressada. Grandes mariposas começavam a revoar sobre minha cabeça. A não ser que quisesse passar a noite com aquelas estranhas criaturas, a única coisa a fazer seria voltar para meu quarto.

Mas o pensamento de retornar àquele refúgio maldito me era extremamente penoso; vacilei entre os dois males, entre os dois horrores; depois deliberei fugir; o desconhecido na floresta valia por horror maior.

Caminhei apressado, quase às cegas, e fui dar a um terreno nivelado, de árvores espacejadas. Havia mais luz ali, as últimas luzes do crepúsculo. O céu azul lá em cima fazia-se de um azul carregado, onde as estrelas começavam a luzir. Por entre as árvores, amiudavam-se grandes massas de sombra.

Mais adiante, fui dar num espaço desértico, de areias brancas, transposto, o qual entrei de novo num trecho de mata.

Eu me sentia atormentado pelo rumor constante que vinha da esquerda. Julguei a princípio que fosse imaginação, porque cada vez que parava, o rumor também parava, e no silêncio envolvente eu só ouvia o farfalho da brisa nas copas. Entretanto, assim que me punha em movimento, o rumor recrescia.

Continuei a caminhar por entre os arbustos, fazendo súbitas mudanças de direção para ver se descobria a causa do rumor. Nada pude ver, embora cada vez mais se me acentuasse a convicção de estar sendo seguido. Forcei o passo e, depois de algum tempo, alcancei uma elevação que subi e transpus, e de mais longe lhe vi a crista a estampar-se negra contra o céu.

Um vulto apareceu nessa crista e logo se desvaneceu. Fiquei na convicção de que o homem quadrúpede continuava a me seguir. E veio juntar-se a essa trágica conclusão uma outra: que eu havia perdido o caminho conducente ao recinto de pedra.

Por algum tempo, caminhei às tontas, sempre perseguido por aquela sombra. Porém, fosse o que fosse, era certo que não tinha coragem de me atacar — ou então estava à espera do momento oportuno. Parei para meditar uns instantes sobre a situação. Escutei. Nada ouvi. Cheguei a crer que tudo o que vira e ouvira não passava de alucinação dos meus sentidos. Avancei mais uns passos e chegou-me ao ouvido o marulho do oceano. Corri então como quem corre para o salvamento. Nisto, um baque atrás de mim.

Voltei-me de brusco e corri os olhos pelas árvores. Sombras e mais sombras. Só sombras. Nada ouvi além do rumor do meu sangue a latejar nas têmporas. Convenci-me de que fora vítima de uma ilusão auditiva e pus-me de novo a caminho do mar.

As árvores iam diminuindo de porte, e breve me achei em terreno arenoso, com a sombra murmurejante do mar pela frente. Estava uma noite calma e clara, com o reflexo das estrelas picando o jogo das ondas. A praia estendia-se para este, e do lado oposto estirava-se num promontório. Lembrei-me então de que a praia de Moreau ficava a oeste.

Um galho estalou atrás de mim. Voltei-me e fiquei de olhos atentos à sombra dos arbustos esparsos. Nada pude distinguir. Estive assim talvez um minuto, imóvel, de olhos pregados no vulto das árvores; depois tomei rumo oeste. Imediatamente uma sombra se destacou da sombra das árvores e pôs-se a me seguir.

Meu coração bateu precipitado. A larga enseada onde eu desembarcara estava já visível. Parei. A sombra parou também a uns dez metros distante. Vi uma luzinha a brilhar ao longe — a umas duas milhas talvez. Para alcançá-la, eu tinha de atravessar por entre os arbustos onde estava a sombra perseguidora.

Eu já a via mais distintamente. Animal não era, porque tinha a atitude ereta. Resolvi interpelá-la e a custo obtive voz — voz rouca, transtornada.

— Quem está aí?

Não houve resposta. Avancei um passo. A coisa não se moveu, apenas se encolheu. Meus pés toparam numa pedra.

Isso me deu uma ideia. Sem tirar os olhos da sombra, apanhei aquele calhau, e a esse movimento a "coisa" voltou-se de brusco e esgueirou-se obliquamente, como o faria um cão. Lembrei-me de um expediente das crianças contra os canzarrões; fiz com o lenço uma funda e coloquei a pedra no balanço — e avancei na direção da sombra. Ouvi um rumor como se ela deslizasse em fuga. A minha extrema excitação transformou-se num banho súbito de suor. Senti-me alagado.

Só depois de alguns minutos pude tomar a resolução de prosseguir por entre os arbustos, de rumo à enseada. Logo que o fiz, porém, ouvi de novo sons de passos que me acompanhavam. Dei um grito selvagem e pus-me a correr. Vultos indefiníveis, três ou quatro vezes maiores que coelhos, corriam aos pulos da praia para a floresta. Oh, mil anos que eu viva e nunca me esquecerei daquelas impressões! Corri até a fímbria da água e por ela segui, ouvindo de vez em quando o chape-chape do vulto a me acompanhar. A luz salvadora estava ainda muito longe. Tudo mais, negrores. O chape-chape ia-se aproximando. Eu já respirava com esforço, porque ainda não me restabelecera de todo e não estava afeito a exercícios violentos. Percebi que a coisa me alcançaria muito antes que eu atingisse o recinto de pedra e, desesperado, voltei-me contra ela, girei no ar minha pedra no lenço e arremessei-lhe um golpe com toda a violência.

A coisa, que estava a andar de quatro, erguera-se nos pés e recebeu a pancada na têmpora esquerda. O animal-homem atirou-se a mim, deu-me um tranco e foi cair logo adiante, com a cara na água, imobilizando-se.

Não tive ânimo de me aproximar daquele montículo negro. Deixei-o onde estava, banhado pelas ondas e sob as estrelas, e continuei na minha corrida para casa. Foi então que me chegou aos ouvidos o gemer dilacerante do puma — e confesso que ouvi com imenso alívio o mesmo gemido que horas antes me fizera escapar de lá horrorizado. Corri. Corri para a luz — e parecia que uma voz me chamava.

CAPÍTULO X

O grito do homem

Ao aproximar-me do recinto, vi que brilhava luz em meu quarto, o qual tinha a porta aberta; e reconheci então a voz de Montgomery chamando por mim.

Continuei a correr. Ouvi-lhe de novo o chamado, e dessa vez respondi com um fraco "*Help!*" Um momento mais e cheguei.

— Onde esteve, homem de Deus? — indagou ele, segurando-me pelo braço e encarando-me. — Eu e Moreau estivemos tão ocupados que só há uma meia hora nos lembramos da sua presença aqui.

Levou-me para o quarto e ele me fez sentar na cadeira. A luz me cegava.

— Nunca imaginei que saísse a explorar esta ilha sem nos avisar de coisa nenhuma. Depois fiquei com medo que lhe acontecesse algo. Entretanto... que é isso?

Minhas últimas forças me abandonaram, e minha cabeça pendeu sobre o peito. Montgomery chegou-me aos lábios um copo de *brandy*.

— Pelo amor de Deus — murmurei — feche aquela porta.

— Encontrou na floresta alguma curiosidade?

Montgomery foi fechar a porta e voltou para meu lado. Não insistiu em perguntas; insistiu em que bebesse e comesse alguma coisa. Eu estava em estado de colapso. Ele desculpou-se de não me haver prevenido; depois, indagou de quando eu havia deixado o quarto e que coisas vira. Respondi como pude, aos arrancos.

— Pelo amor de Deus, explique-me o que tudo isto quer dizer — implorei em estado de desespero histérico.

— Não é nada tão pavoroso como julga — respondeu. — Porém, acho que o senhor já teve muito para o primeiro dia.

Nesse momento, o puma deu novo rugido de dor. Montgomery, como da primeira vez, soltou uma praga em voz baixa e disse:

— O inferno me coma se este lugar não é pior que a rua Grower, com todos os seus gatos.

— Montgomery — murmurei — essa coisa que me perseguiu, que era? Homem ou animal?

— Se o senhor não dormir esta noite, perderá a cabeça amanhã. Trate de restaurar as forças no sono.

Pus-me de pé a sua frente.

— Que coisa era essa que me perseguiu? Responda.

Ele me olhou firme nos olhos e torceu a boca. Seus olhos, um momento antes cheios de brilho, fizeram-se sornas.

— Pelo que o senhor me conta, foi um espectro o que viu.

Senti uma irritação imensa, que logo passou. Atirei-me à cadeira e apertei as têmporas nas mãos. O puma recomeçava a urrar.

Montgomery aproximou-se de mim e colocou a mão sobre meu ombro.

— Escute, Prendick. Eu não tive culpa nenhuma nem tinha interesse em que o senhor aportasse a esta ilha, mas não creia que a coisa seja tão trágica como está pensando. É que seus nervos estão em miserabilíssimo estado. Tome esta dose que o sono virá. "Isto"... ainda vai durar várias horas. Trate de dormir, do contrário, não responderei por coisa nenhuma.

Nada repliquei. Curvei-me e cobri o rosto com as mãos. Montgomery saiu, para logo voltar com uma poção escura. Deu-me a beber. Engoli aquilo sem dizer palavra, e, ajudado por ele, ajeitei-me na rede.

Quando despertei, era dia alto. Deixei-me ficar na rede por algum tempo, de olhos pregados no teto. Notei que era feito de tábuas que deviam ter pertencido a um navio. A refeição da manhã já estava na mesinha. Ao descer da rede, esta antecipou-se — torceu-se e caí de quatro. Falta de prática. Ergui-me e sentei-me à mesa. Estava com a cabeça pesada e apenas com uma vaga memória dos sucessos da véspera. A brisa da manhã vinha pela janela e contribuía para a agradável sensação animal que eu sentia. Nisto a porta de trás, que dava para o pátio, abriu-se. Voltei-me e vi a cara de Montgomery.

— Está melhor? — indagou de lá. — Estou hoje ocupadíssimo. Tenho que ir-me. Adeus — e retirou-se. Porém, esqueceu-se de fechar a porta à chave.

Recordei-me da expressão do seu rosto na véspera e, como uma memória puxa outra, reconstituí todo o dia anterior. O pavor sentido começava a voltar quando ouvi um gemido, todavia, dessa vez, não me pareceu do puma.

Engoli o que tinha na boca e fiquei imóvel, à escuta. Silêncio. O único rumor ali era da brisa que me entrava pela janela.

Admiti a hipótese de que havia sido vítima de uma ilusão auditiva.

Depois de longa pausa, recomecei a refeição interrompida, mas sempre de ouvidos atentos. Novo gemido agora, imperceptível quase, abafado. Senti um calafrio percorrer-me a espinha. Embora débil e surdo, aquele gemido me impressionou ainda mais que os urros da véspera. Não podia haver dúvida sobre a nova vítima. Não era um bruto e sim um ser humano. Um ser humano em tortura!

Ao conceber isso, levantei-me e, em três passos, cruzei o aposento; agarrei o trinco da porta, abri-a e penetrei no pátio misterioso.

— Prendick! Pare! — gritou Montgomery, intervindo.

Um dos cães veadeiros rosnou e latiu. Havia sangue no chão, e de mistura ao cheiro de sangue boiava no ar o cheiro do ácido carbólico. Algo amarrado a um cavalete, sangrento, envolvido em panos, gemia. Vi então aparecer a cara do velho Moreau, pálida de ódio, terrível.

Em um relance, agarrou-me pelos ombros com a mão manchada de vermelho, e, com um tranco, projetou-me para dentro do meu quarto. Era fortíssimo, e diante dele me senti uma criança. Tombei de costas no assoalho, enquanto a porta era fechada com violência. Ouvi em seguida o barulho da chave na fechadura e a voz de Moreau que censurava o companheiro.

— Isto é arruinar uma vida inteira de trabalho — dizia ele.

— Ele não compreende — replicou Montgomery — e disse mais coisas que me escaparam.

Levantei-me do chão em tremuras. Meu cérebro fizera-se um caos de ideias horríveis. Seria possível que Moreau praticasse a vivissecção até em criaturas humanas? Essa pergunta queimava-me os miolos e súbito se transfez em horror pânico. E se a fossem praticar em mim?

CAPÍTULO XI
A caça do homem

Eu estava plenamente convencido de que Moreau vivisseccionava criaturas humanas e foi, pois, com alívio que vi aberta a porta de fora por onde eu poderia escapar. Desde o começo, desde o momento em que, pela primeira vez, ouvi ali o nome de Moreau, fiquei com a ideia de que os grotescos fenômenos existentes na ilha não passavam de abominações teratológicas desse homem — e essa ideia, de simples suspeita, passou logo a convicção. Eu o vira vivisseccionando um ser humano. O que dele lera anos atrás naquele opúsculo vinha-me nítido à memória. Os tristes moradores da ilha eram obra do seu escalpelo.

O raciocínio que se seguiu fez-se lógico. Os dois miseráveis haviam tramado aquele meio de me reter na ilha, e depois de conquistada a minha confiança, só pensariam em dar-me um fado mais horrível que a morte, qual o de degradar-me pela tortura até reduzir-me às hediondas formas que eu já vira. E então me soltariam na floresta como mais um fenômeno. Corri os olhos em torno em procura de arma. Nada encontrei. Tive uma inspiração. Havia a cadeira preguiçosa em duplo xis, uma das pernas desses xises me serviria de arma. Atirei-me a ela, quebrei-a e obtive uma barra, que por felicidade veio com uma ponta de prego no extremo. Nisto ouvi rumor de passos fora. Atirei-me à porta, escancarei-a. Montgomery estava a dois passos; certamente vinha trancar-me aquela saída.

Ergui a barra e lhe lancei um golpe à cabeça. Montgomery evitou-o numa rápida fuga de corpo. Hesitei um momento. Depois disparei na corrida.

— Prendick, homem de Deus! — gritou ele com voz de espanto. — Não seja imbecil!

Mais um minuto, ia eu pensando, e ele trancar-me-ia a porta e lá ficaria meu pobre corpo à disposição da faca de Moreau, como um coelho na gaiola.

— Prendick! — continuava Montgomery a gritar atrás de mim, correndo no meu encalço.

Eu corria às cegas, rumo noroeste, direção que formava ângulo reto com a minha primeira excursão pela mata. Olhei sobre o ombro e vi que o seu cara-negra o acompanhava. Precipitei ainda mais a velocidade da fuga, costeando a praia, e fui ter a uma região pedregosa que beirava a floresta. Corri pelo espaço de uma milha sem olhar para trás, e quando o fiz, já à beira da exaustão, não enxerguei mais meus perseguidores. Parei para um rápido exame do terreno e me escondi numa moita de tabocas.

Lá fiquei longo tempo, sem ânimo de me mexer e indeciso sobre o que fazer. Achava-me dentro de um cenário selvagem, que modorrava ao Sol com o silêncio quebrado apenas pelo zumbido de moscas. Um som me chegava aos ouvidos — o marulho próximo do mar.

Cerca de hora mais tarde, ouvi de novo a voz de Montgomery, que gritava por mim. Vinha de direção norte. Isso me fez tomar uma resolução. Refleti que a ilha devia ser habitada apenas por aqueles dois homens e suas vítimas vivisseccionadas, algumas das quais, pelo menos, poderiam eles lançar contra mim, se fosse necessário. Tanto Moreau como Montgomery andavam sempre armados de revólveres — e eu estava praticamente desarmado; aquela trave da cadeira não podia ser considerada como arma em oposição a dois revólveres.

Deixei-me ficar ali mesmo, e, algum tempo depois, comecei a sentir sede e fome. Minha situação ia-se tornando cada vez mais horrível. Como descobrir o que comer? Era ignorante da botânica tropical e, pois, não tinha a menor ideia de algum vegetal por ali que me pudesse fornecer alimento — e apanhar algum dos coelhos que erravam pela mata só por obra do acaso. Minha situação se agravava.

Por fim, voltei o espírito para os animais monstruosos que habitavam a ilha. Tinham algo de humano, eram semi-homens e quem sabe se deles me poderia vir alguma ajuda ou sugestão?

Súbito, ouvi a não grande distância um latido de cachorro. Era um novo perigo e muito sério. Os cães me "levantariam", como levantam qualquer caça; contra eles de nada valia meu esconderijo. Não podia vacilar, a salvação só estaria na fuga — e fugi. Agarrei minha trave e fugi para a frente, às cegas, rumo ao mar. Lembro-me que atravessei uma moita de espinheiros que me rasgaram a roupa e me arranharam horrivelmente as pernas. Emergi adiante, sangrento e em frangalhos, e subi por uma elevação que vi pela frente.

Lá estava o mar. Corri para ele sem um instante de hesitação, seguindo um curso de água que ali adiante tinha a sua foz. Atravessei esse rio a vau, galguei a margem oposta e, com o coração a dar pinotes no peito, parei num maciço de fetos arbóreos. O cão continuava a latir — era felizmente um só, e já latia mais perto. Súbito ganiu de dor — devia estar atravessando a zona dos espinheiros. Em seguida, fez-se o silêncio e eu, com um suspiro, considerei-me salvo.

Minutos se passaram, longos minutos de espera ansiosa, e depois de uma hora sem novidade a coragem começou a me voltar.

Por esse tempo não me sentia realmente terrificado — creio que já havia transposto todas as zonas do terror e do desespero. Sentia-me perdido, irremediavelmente perdido — e isso me dava ânimo para arriscar tudo. Até ao próprio Moreau eu era capaz de arrostar naquele momento. Havia ainda aquele rio salvador. Se me perseguissem atrozmente e eu visse não haver salvação possível, tinha aquela água para me afogar — e, desse modo, escaparia à tortura lenta. Por que não me afoguei naquele momento? Não sei. Veio-me o desejo de prolongar por mais um pouco a aventura. Estirei os membros doloridos, limpei-me de vários espinhos e corri os olhos em torno. Foi quando dei com uma cara negra a me espiar.

Reconheci logo a criatura simiesca que eu vira na praia quando a lancha se aproximou. Estava trepado a uma palmeira. Agarrei minha trave e encarei-o firme. A criatura começou a emitir sons; "iu, iu, iu", foi tudo quanto pude distinguir, mas não tardou a escorregar da palmeira e, abrindo a folhagem que me envolvia, apresentou-se a mim de cara, cheio de curiosidade nos olhos brilhantes.

Não senti pela criatura a mesma repugnância causada pelos homens-porcos.

— Você, no bote — murmurou ele.

Falava! Era, pois, um homem, do mesmo tipo do assistente de Montgomery.

— Sim — respondi. — Vim do bote. Vim do navio.

— Oh! — exclamou ele, e seus olhos vivos examinaram-me de alto a baixo, detendo-se em minhas mãos, na trave que eu empunhava, nos meus pés e nos rasgões que os espinhos tinham produzido em minhas calças. Parecia espantado de qualquer coisa. Seus olhos insistiam em olhar para minhas mãos. Depois, ergueu as suas e contou os dedos lentamente, um, dois, três, quatro, cinco, terminando com uma interjeição interrogativa: Eh?

Não compreendi a significação daquilo, e só depois notei que em regra os malformados habitantes da ilha tinham as mãos defeituosas, sempre com falta de dedos. Não compreendi, mas admiti que era algum modo de saudar, ou coisa equivalente, e repeti aquela contagem à guisa de resposta. O homem simiesco arreganhou os dentes num riso bestial de satisfação. Depois voltou a cabeça e, num movimento rápido, afastou-se. Desapareceu. A folhagem que ele havia afastado fechou-se de novo.

Deixei o tabocal e fui atrás dele. Encontrei-o logo adiante, trepado ou pendurado pelo braço a uns cipós, de costas voltadas para mim.

— *Hello*! — gritei.

O bicho desceu de um pulo e voltou-se para mim.

— Escute — murmurei. — Quero comer. Fome, fome. Comer.

— Comer! — repetiu ele como um eco. — Comer comida de homem. Nas cavernas.

— Onde, as cavernas?

— Oh!

— Sou novo aqui. Não conheço nada.

O bicho simiesco girou sobre si e pôs-se a andar. Todos os seus movimentos eram curiosamente rápidos. "Venha", havia dito ele, e eu o segui, já curioso do desenlace da aventura. As tais cavernas deviam ser algum abrigo onde os insulares bestiais viviam.

Talvez encontrasse entre eles alguma simpatia e descobrisse meios de fazer-me entendido. Tinham algo de homem no exterior e podiam também ter algo da humana hereditariedade no interior.

Meu homem-macaco trotava a meu lado, com os braços finos pendurados e aquela queixada saliente. Eu ia fazendo suposições sobre o que poderia existir em sua cabeça.

— Quanto tempo está nesta ilha? — perguntei.

— Quanto tempo? — repetiu ele. E depois de alguma hesitação, estendeu-me três dedos. Vi que o macaco-homem estava um pouco acima dos idiotas. Experimentei fazê-lo dizer o que queria significar com aqueles três dedos, pergunta que pareceu aborrecê-lo. Fiz ainda duas ou três perguntas, sem obter resposta, porque de súbito se projetou sobre uma árvore da qual pendiam frutas desconhecidas. Trepou, colheu várias e entrou a comê-las. Vi aquilo com satisfação. Tinha, afinal, descoberto alimento. Depois que ele desceu, insisti nas minhas perguntas, que ele sempre repetia como papagaio e só às vezes respondia de modo compreensível.

Eu estava tão atento àquela criatura que pouca atenção dei ao caminho que ia seguindo. Fomos dar a um ponto onde a vegetação era mirrada e descolorida, com o chão a acentuar-se de incrustações brancas, cujas fendas escapavam vapores. À direita, vi um trecho azul de mar, para além de umas rochas nuas. O caminho de súbito dobrou para uma ravina escavada no solo convulso de lava vulcânica. A criatura desceu por ali e eu atrás.

Era extremamente escura essa passagem, ou o parecia para quem vinha da plena luz do Sol. As paredes laterais erguiam-se a prumo e iam-se estreitando. Meu guia deteve-se de súbito.

— Casa — disse ele, apontando para um abismo, isto é, para um negrume que se nos antolhara naquele momento. Vinham de dentro rumores estranhos. Esfreguei os olhos. Senti um cheiro desagradável de gaiola de macacos. Era um túnel na rocha. Havia luz na abertura do outro lado.

CAPÍTULO XII
Os mestres da lei

Uma coisa fria me tocou na mão. Recuei de brusco e vi, perto de mim, um confuso vulto róseo, qualquer coisa que me deu a ideia de uma criança esfolada. Tinha exatamente as feições meigas, mas repulsivas do bicho-preguiça, a mesma testa estreita e os mesmos gestos lentos. Meus olhos começavam a enxergar melhor e pude breve perceber que a criaturinha estava de pé e me olhava. Meu guia desaparecera.

Eu estava dentro de uma caverna tunelada, aberta em lava vulcânica, com vegetação de fetos e musgos e avencas pelos interstícios. A entrada que dava para a ravina teria apenas uns três metros de comprido, e o chão era forrado de cascas de frutas apodrecidas e outros resíduos que ainda mais acentuavam o mau cheiro do lugar.

A pequena criatura-preguiça ainda me olhava, a piscar amiudadamente, quando o guia simiesco reapareceu a certa distância e me acenou que o seguisse. Assim o fiz, e passos adiante fui defrontado por um monstro negro, que se destacava em silhueta sobre o fundo de luz da outra abertura do túnel, um monstro esquerdo, incompreensível, indefinível. Hesitei, quase resolvido a arrepiar caminho; depois me decidi e, com a trave bem firme na mão, avancei no rumo indicado pelo guia.

Fui dar num espaço semicircular, ao jeito de uma colmeia do tipo clássico partida ao meio, na qual vi montes de várias frutas e cocos. Também vi lá algumas vasilhas toscas, feitas de lava ou de madeira, e um tamborete rústico. Fogo não encontrei. No canto mais escuro daquele antro estava acocorada uma massa negra que, ao ver-me, grunhiu um "*Hei!*". Meu guia quebrou um coco e me ofereceu. Comecei a comer aquela polpa branca com a maior serenidade possível, a despeito do meu intenso nervosismo e do intolerável do ambiente. A pequena preguiça cor-de-rosa ficara de pé a alguma distância, ao lado de um vulto escuro, que me olhava por cima dos ombros.

— Hei! — repetiu o misterioso vulto do canto escuro.

— É um homem! É um homem! — respondeu meu guia. — Um homem vivo, igual a mim.

— Cale a boca — disse a voz no escuro, e grunhiu.

Continuei a comer o meu coco num impressionante silêncio. Por mais que forçasse a vista, não podia distinguir coisa nenhuma.

— É um homem — repetiu, por fim, a voz. — Veio viver conosco?

Era uma voz espessa e estranhíssima, mas o inglês estava claro.

O guia simiesco olhou para mim como se esperasse resposta.

— Sim. Ele vem viver aqui — respondi.

— Ele é um homem. Ele precisa aprender a Lei.

Comecei a distinguir uma negrura maior naquele escuro, o vago contorno de um vulto corcovado. Depois, distingui mais dois vultos. Minha mão se crispava nervosamente na trave. O bicho lá no canto escuro disse em tom mais alto:

— Repita as palavras — e engrolou mais alguma coisa que não percebi. Depois: — "Não andar nos quatro pés — essa é a Lei" — disse ele numa toada de canto.

Eu estava atônito, mudo.

— Diga as palavras — murmurou-me o guia como aconselhando, e um rosnido geral apoiou a sua sugestão. Compreendi que tinha de repetir a fórmula idiota, e a repeti. Começou então a cerimônia louca.

A voz no canto escuro entrou a entoar uma ladainha, que era repetida por todos os presentes, inclusive por mim. Enquanto isso, o vulto oscilava como um pêndulo, e batia com as mãos nos joelhos. Fiz o mesmo, imaginando-me já morto e num outro mundo. Aquela caverna escuríssima, os vultos grotescos entrevistos aqui e ali, todos em bamboleios de corpo e a cantar...

— "Não andar de quatro pés — essa é a Lei. Não somos homens?"

— "Não beber bebida — essa é a Lei. Não somos homens?"

— "Não comer carne nem peixe — essa é a Lei. Não somos homens?"

— "Não perseguir outro homem — essa é a Lei. Não somos homens?"

E a ladainha prosseguia, proibindo essas e muitas outras coisas, algumas louquíssimas e indecentíssimas.

Uma espécie de fervor rítmico ganhara a todos, e todos oscilavam e batiam nos joelhos e ladainhavam cada vez mais depressa aquela maravilhosa lei. Superficialmente eu me via conquistado pelo contagiante fervor de tais criaturas, mas, por dentro, a vontade de rir e o nojo me dominavam.

Depois de desfiada a longa lista de proibições, o cântico tomou novo rumo.

— "*Dele* é a Casa da Dor".

— "*Dele* é a Mão que Faz".

— "*Dele* é a Mão que Fere".

— "*Dele* é a Mão que Cura".

E por aí além, numa longa série de "és" incompreensíveis, sempre relatado ao "Ele" misterioso.

— "*Dele* é o raio do céu".

— "*Dele* é o mar profundo".

Sim, eu compreendia aquilo, afinal. Depois de animalizar aqueles homens com seus processos de vivissecção, Moreau lhes enxertara os cérebros com a ideia de que era ele um deus. Apesar disso, eu via em redor de mim muito dente branco e muitas garras para deixar de repetir com toda a unção o que me era exigido, e também louvei a Moreau quando o vulto ganiu:

— "*Dele* são as estrelas do céu".

O canto afinal chegou a termo e vi a face do meu guia simiesco luzir de satisfação. Meus olhos já se haviam acostumado às trevas, de modo que pude distinguir melhor os seres que me rodeavam. O vulto do canto escuro tinha o tamanho de um homem e mostrava o corpo inteiro recoberto de comprida pelagem. Que criaturas eram aquelas? Imagine-se o leitor rodeado dos mais horrendos monstros e maníacos que possa imaginar e compreenderá minha situação e meus sentimentos naquele passo da minha vida.

— Ele é um homem-cinco, um homem-cinco, um homem-cinco... como eu — gritou o guia simiesco.

Estendi as mãos, de dedos abertos. A criatura do canto escuro curvou-se e repetiu:

— "Não andar de quatro pés — essa é a Lei. Não somos homens?"

Depois espichou um braço retorcido e segurou-me uma das mãos pelos dedos. Senti a impressão de um casco de veado com garras. Quase gritei de horror. Seu rosto aproximou-se e seus olhos desceram para minhas unhas, puxando-me para um ponto onde havia mais luz. Pude então ver, num calafrio, que a criatura não tinha cara nem de animal nem de homem, e sim um chumaço de pelos grisalhos, com três aberturas sombrias a marcarem o sítio dos olhos e da boca.

— Ele tem unhas pequenas — falou a criatura pelo buraco peludo que lhe servia de boca. — Está bem — e largou minha mão.

O guia murmurou a seguir:

— "Comer só raízes e ervas — *essa* é Sua vontade".

— Eu sou o Mestre da Lei — grunhiu a figura grisalha. — Para aqui vêm todos os novos a aprender a Lei. Eu me sento no escuro e digo a Lei.

— E é sempre assim — murmuraram outros vultos.

— O Mal é a punição dos que não cumprem a Lei. Ninguém escapa.

— Ninguém escapa — disse um outro.

— Ninguém escapa — repetiu o guia simiesco. — Ninguém escapa. Vejam. Eu fiz uma pequena coisa errada, uma vez. A língua ficou atrapalhada; parei de falar. Ninguém podia me entender. Eu fui queimado, marcado na mão. Ele é grande, ele é bom.

— Ninguém escapa — repetiram todos, entreolhando-se de soslaio.

— Porque todos querem o que é mau — prosseguiu o Mestre da Lei. — O que você, que é novo, vai querer, não sabemos; mas saberemos. Uns querem seguir as coisas que se movem, acompanhar as coisas, dar bote, morder, matar, sugar o sangue... Isso é mau. "Não perseguir outro homem — essa é a Lei". Não são vocês homens? "Não comer carne nem peixe

— essa é a Lei". Não são vocês homens?

— Ninguém escapa — gritou uma voz à esquerda.

— Alguns fossam a terra com os dentes e as unhas para pegar as raízes das coisas. Isso é mau.

— Ninguém escapa — disse o vulto da esquerda.

— Alguns cravam os dentes nas árvores, alguns desenterram os cadáveres, alguns lutam com unhas e dentes, alguns mordem, alguns gostam da sujeira, da imundície.

— Ninguém escapa — gritou o guia.

— Ninguém escapa — repetiu a criatura-preguiça.

— O castigo é duro, é certo. Por isso, aprendam a Lei. Digam as palavras — e a ladainha recomeçou e o coro se prolongou por longo tempo. Minha cabeça ardia, tonteada pela estranheza daquilo e o fétido ambiente. Porém. tudo suportei, e repeti os mandamentos como se fosse um "novo".

Súbito, no meio daquela trágica e grotesca lição, ressoaram rumores fora, e vi que dois dos homens-porcos se curvavam para a criatura-preguiça e lhe diziam qualquer coisa que não pude perceber. Imediatamente os que estavam obstruindo a entrada recuaram, ao tempo em que meu guia se safava dali e o vulto do canto escuro se encolhia. Pude observá-lo melhor nesse momento — era grande de corpo e todo recoberto de pelos prateados. Fiquei só.

Ouvi então o latir do cachorro.

Lancei-me para a abertura da covanca, de trave em punho. Os animais-homens estavam reunidos fora, a tagarelar e gesticular excitadamente. Apontavam para certo ponto. Olhei e vi que Moreau e Montgomery vinham vindo, com os revólveres em punho. O cachorro os precedia, sempre a latir.

Uma onda de terror me envolveu.

Olhei para trás: a outra entrada da caverna estava obstruída por um bruto de olhos brilhantes e pisca-pisca, que avançava para meu lado. Olhei em torno e vi um débil raio de luz à esquerda, que indicava uma terceira entrada, ou fenda na rocha.

— Pare! — gritou Moreau ao me ver fazer menção de tomar aquele caminho. — Agarrem-no!

A essa ordem todas as caras se voltaram para mim; mas tinham a compreensão lenta e vacilavam. Aproveitei-me disso para lançar-me pela terceira abertura, ou fenda, dando um tranco no monstro que tinha pela frente e se voltara para atender a Moreau. Senti depois que suas mãos tentavam me agarrar, mas não o conseguiram. Também a criatura-preguiça se lançou a meu encontro, conseguindo ferrar as garras na trave, porém fui ligeiro. De um salto, ganhei a fenda da rocha e, esgueirando-me por ali, breve me achei num declive pedregoso que levava ao mar. Ouvi ainda os gritos dos perseguidores — "Agarrem-no!" Corri aos saltos e fui ter à zona dos vapores sulfurosos, que ficava a oeste da covanca dos monstros.

A situação me favorecia a fuga e, pois, corri pelo chão incrustado de branco até um maciço de árvores raquíticas, e alcancei uma zona de ervas de talo mole, que cediam sob meus passos. Quando lá cheguei, vi aparecerem meus perseguidores na abertura da fenda por onde eu passara. Um coro de gritos enchia o ar.

Era a caçada. Era a caçada do homem. Uns por aqui e outros por ali, todos se aproximavam aos saltos, estalando galhos, seguindo a trilha do cachorro. Ouvi os gritos de Moreau e Montgomery açulando-os. Quebrei para a esquerda.

O chão fazia-se pantanoso e afundava sob meus pés, mas, no desespero da fuga, eu não atentava em coisa nenhuma que não fosse interpor distância entre mim e os perseguidores. Fui dar a uma trilha por entre um maciço de tabuas. O barulho da perseguição vinha da esquerda. Em certo ponto, três estranhos animais que caminhavam aos pulos fugiram diante de mim. Aquela senda ia dar a uma elevação também de incrustações brancas e depois havia outro estendal de tabuas.

Súbito, um buraco se abriu aos meus pés. Caí. Caí de cara sobre uma maçaroca de espinhos que me deixaram o rosto em miserável estado. Era uma ravina rochosa, com uma aguada torcicolante a correr no centro. Erguiam-se dali vapores sulfurosos. Não dei atenção. Prossegui na fuga, seguindo a água que defluía para o mar — o mar onde estava a morte por afogamento que me salvaria da tortura lenta. Só então percebi ter perdido minha arma — a trave com prego na ponta.

A ravina ia-se estreitando, para afinal reduzir-se ao leito do riacho. Era de água quente e com espuma sulfurosa. Avistei por fim o mar azul onde o Sol brilhava em milhões de facetas. Era a morte. Era a salvação. Afogueado pela corrida e pelas emanações quentes daquela fonte sulfurosa, prossegui exultante e já bem distanciado dos meus perseguidores. Minha vida estava em minhas mãos. Parei. Olhei para trás. Pus-me atento a ouvir.

Silêncio. A não ser os zumbidos dos moscardos, o silêncio era perfeito. Entretanto, de súbito, ouço de novo o latido do veadeiro, e vozes longe. Vozes que ora se alteavam, ora diminuíam. Longe, tudo longe. Por um momento, pude descansar com a impressão de que a batida cessara, mas eu sabia agora que auxílio me era dado esperar dos monstros semi-humanos que habitavam a ilha.

CAPÍTULO XIII

Negociação

Dirigi-me para o lado do mar sempre a seguir a corrente de água sulfurosa que abria largo rombo na areia. Vi por lá grande número de caranguejos. Caminhei até a beira do mar, onde me senti seguro. Plantei-me de pé, com as mãos na cintura, a olhar em torno aquela selvática paisagem. Minha deliberação era absoluta. Não me apanhariam vivo. Não seria vivisseccionado.

Mas uma ideia me ocorreu, salvadora.

Enquanto Moreau e seu companheiro me caçavam por ali, eu podia correr ao recinto de pedra, arrombar o portão e entrar. Era certo descobrir lá dentro armas, faca que fosse, e ficaria assim habilitado a vender caro minha vida.

Dominado por essa ideia, tomei direção oeste e segui pela praia. O Sol a descambar cegava meus olhos. Súbito, quem vejo emergir na minha frente, cortando-me a passagem? Moreau. Moreau, Montgomery e todo o bando de monstros. Entreparei, atônito.

Logo que me viram, começaram a gesticular excitados, avançando sem precipitação. Dois dos homens-animais fechavam-me a fuga do lado por onde eu viera. Montgomery tomara a frente da marcha, vindo Moreau logo atrás.

Saí do meu momentâneo estupor e dirigi-me para o mar. O declive da praia era manso, de modo que eu teria de avançar bastante para obter fundo.

— Que vai fazer, homem de Deus? — gritou Montgomery.

Voltei-me com água à cintura e fiquei a olhá-lo.

Ele havia parado na fímbria das ondas, ofegante. Tinha o rosto vermelho do exercício forçado e o cabelo em desordem. Moreau vinha se aproximando, de rosto pálido e firme, com o cão à cola. Ambos traziam pesados chicotes.

Que vou fazer? — repeti. — Afogar-me.

Moreau e Montgomery entreolharam-se.

— Por quê? — indagou Moreau.

— Porque é melhor isso do que ser torturado pelo seu escalpelo.

— Eu não disse? — exclamou Montgomery, dirigindo-se ao vivisseccionista.

— Mas que é que o fez pensar que queremos torturá-lo? — inquiriu Moreau.

— Fui informado pelo que vi. Meus olhos viram.

— Pare. Não seja imbecil.

— Quem eram essas criaturas que andam pela ilha? Homens. E agora que são? Monstros. Eu pelo menos não ficarei como eles — e apontei para o bando.

Junto aos vivisseccionistas, estava M'ling, o assistente de Montgomery, e um dos brutos acobreados que vieram no bote. Mais adiante, vi meu guia simiesco e outros.

— Quem são essas criaturas? — perguntei. — Eram homens, iguais a mim e aos senhores, e agora se acham reduzidos a isso. O senhor aí — e apontei para Moreau — e vocês lá — e apontei para os monstros — ouçam-me. Por que é que tanto temem a Moreau? E por que é que Moreau tanto se arreceia de vocês?

— Pelo amor de Deus, Prendick, pare com isso! — gritou Montgomery.

— Prendick! — exclamou Moreau.

Ambos gritaram a um tempo, como para abafar minha voz, e atrás deles vi as caras espantadas dos homens-bestas. Erguiam os braços deformados, com as cabeças enterradas nos ombros. Pareciam querer compreender o que eu dizia, ou recordar qualquer coisa do seu passado humano.

Continuei a gritar, a denunciar aqueles criminosos e nem me lembro mais do que falei. Disse que Moreau e Montgomery deviam ser mortos; que eles nada tinham a temer; disse que ele era o carrasco e o demônio de todos eles. E tive o gosto de ver que as criaturas se aproximavam, cada vez mais atentas. Por fim, exausto de gritar, parei.

— Ouça-me um momento — berrou em voz grave Moreau — e depois faça lá o que entender.

— Fale — respondi.

Ele tossiu, hesitou um momento e gritou:

— É latim, Prendick! Mau latim! Latim de escola! Porém, procure compreender. *Hi non sunt homines, sunt animalia quae nos habemus...* vivisseccionado. Um processo de humanização. Explicarei tudo. Volte.

Ri-me.

— Bela história! Eles falam, constroem casas, cozinham. São homens. Não volto para suas unhas, não.

— A água aí onde você está vive cheia de tubarões.

— Melhor. Os tubarões têm dentes agudos e matam depressa.

— Espere um minuto — disse Moreau e tirando da cintura o revólver rebrilhante, atirou-o a alguma distância. — É meu revólver carregado. Montgomery vai fazer o mesmo. Estamos desarmados. Pode voltar e, se quer, retirar-nos-emos a uma distância segura. Venha e apanhe as armas.

— Não. Há de haver um terceiro revólver com vocês.

— Pense, Prendick, reflita. Em primeiro lugar, nós nunca o chamamos para esta ilha. Em segundo, nós o fizemos beber um narcótico a noite passada, para que sossegasse e descansasse; se lhe quiséssemos fazer mal, a ocasião seria ótima. Em terceiro, agora que seu pânico maior já passou, reflita — acha que Montgomery, que lhe salvou a vida duas vezes, seria capaz de fazer o que está supondo? Empreendemos esta sua caçada para seu próprio bem, porque a ilha está cheia de... "inimical phenomena". E por que haveríamos de atirar contra você, se você está disposto a se afogar?

— Por que lançou essa gente contra mim quando eu estava na caverna?

— Porque achamos mais seguro agarrá-lo e trazê-lo de volta para casa. Era o meio mais fácil de arrancá-lo do perigo. Estamos a agir em seu exclusivo benefício.

Essas palavras fizeram-me refletir. Parecia ser verdade o que diziam. No entanto, insisti:

— Não me sai da cabeça aquilo que vi no cercado.

— Era o puma.

— Escute, Prendick — disse Montgomery. — Você é um imbecil completo. Saia da água e apanhe os revólveres que depois conversaremos. Não podemos dar maiores garantias do que as que estamos oferecendo.

Eu sempre me arreceei de Moreau, mas Montgomery me parecia leal e verdadeiro.

— Afastem-se mais para cima — disse-lhes eu — e ergam os braços.

— Isso não podemos fazer — declarou Montgomery com um movimento de ombros. — Seria falta de dignidade.

— Sigam então até aquelas árvores e fiquem lá.

— Que cerimônia complicada e idiota! — exclamou Montgomery.

Porém, foi. Foram ambos e detiveram-se lá perto das árvores, rodeados de cinco dos seis monstros negros, o que formava ao Sol o mais inconcebível quadro. Montgomery, porém, os espantou dali com umas chicotadas, e ficaram os dois sós. Quando vi que a distância me garantia, saí da água e apanhei os dois revólveres. E, para maior segurança, dei um tiro numa pedra, a fim de verificar a carga. Mesmo assim eu ainda hesitava.

— Correrei o risco — declarei por fim, e com um revólver em cada mão, dirigi-me para eles.

— Isso está melhor — murmurou Moreau sem afetação. — O diabo é que perdemos a melhor parte do dia com esta bobagem.

E com um ar de desprezo que me humilhou, ele e Montgomery, sem mais palavras, seguiram na minha frente, rumo às cabanas.

O magote de homens-bestas ficou por ali mesmo, a nos seguir com olhos espantados. Um deles quis seguir-me, mas arrepiou caminho quando o chicote de Montgomery sibilou no ar. Os demais permaneceram imóveis, a olhar. Podiam ter sido animais — mas eu nunca vira animais naquela atitude de esforço para pensar.

CAPÍTULO XIV

Moreau explica-se

— E AGORA, PRENDICK, VOU EXPLICAR TUDO — DISSE O doutor Moreau depois que terminei minha refeição na cabana. — Devo confessar que o senhor é o hóspede mais ditatorial que ainda recebi em minha casa, mas aviso que o que vou dizer é a última coisa que faço no gênero amabilidade. Da próxima vez que nos ameaçar de suicídio, eu não oporei nenhuma objeção.

Disse e sentou-se numa cadeira preguiçosa, com um charuto consumido a meio entre os dedos nodosos. A luz da lâmpada batia-lhe em cheio sobre a cabeleira grisalha, e seus olhos perdiam-se fora pela janela aberta. Sentei-me o mais afastado possível, com a mesa entre nós e sempre com os revólveres em punho. Montgomery não estava presente, porque eu não queria ficar com os dois no mesmo quarto.

— Então admite o senhor, afinal, que essa criatura vivisseccionada não é nenhum ser humano e sim o puma? — começou ele, depois da visita que fez comigo à câmara dos horrores.

— Sim, é o puma — respondi — que está ainda vivo, mas tão cortado e mutilado que nunca mais poderei ver carne fresca novamente. De tudo quanto...

— Não importa isso — interrompeu Moreau. — Poupe-me os insultos. Com Montgomery foi a mesma coisa no começo. Só quero que confesse que é o puma e não um ser humano. Agora cale-se enquanto lhe dou um curso de fisiologia.

E num tom de sábio supremamente aborrecido, que logo perdeu à medida que se ia interessando pelo assunto, Moreau explicou-me todo seu trabalho. Foi singelo e convincente. De quando em vez, havia uma nota de sarcasmo na sua voz, e eu, envergonhado, fui abandonando a minha atitude de defesa.

As criaturas que eu tinha visto não eram homens nem nunca tinham sido homens. Simples animais — animais humanizados, triunfos da vivissecção.

— O senhor esquece tudo quanto um hábil vivisseccionista pode fazer com os seres vivos — disse Moreau. — Da minha parte só me admiro de que as coisas que fiz não tivessem sido feitas antes. Coisinhas de nada, o que chamamos cirurgia; amputações, ablações, excisões. O senhor sem dúvida sabe que o estrabismo pode ser corrigido pelo escalpelo. No caso das excisões, o senhor também sabe que todas as mudanças secundárias podem ser realizadas, mudanças de pigmento, alterações nas glândulas de secreção, modificação das paixões. Ouviu falar destas coisas, não?

— Sem dúvida que ouvi, mas essas criaturas disformes que o senhor constrói...

— Espere — disse ele detendo-me. — Estou apenas começando. O que viu são casos triviais de alterações. A cirurgia pode fazer coisa muito mais alta. Há a construção para cima, para mais, como há a construção para baixo, para menos. Conhece a operação cirúrgica que recompõe um nariz destruído? Uma tira de pele é destacada da testa e disposta sobre o arcabouço do nariz, de modo que se solde na nova posição. Isto é um enxerto em uma nova posição de uma parte do mesmo animal. O enxerto de material fresco extraído de outro animal é também possível. O enxerto de pele e ossos para facilitar uma cicatrização é vulgar. O cirurgião coloca na ferida fragmentos da pele de outro animal, ou de ossos de uma vítima abatida no momento. Enxerta-se uma espora de galo no pescoço de um touro. Na Argélia, os zuavos divertem-se com ratos rinocerontinos, isto é, ratos em cuja cabeça foi enxertado um fragmento da cauda que fica ali fazendo o papel de chifre.

— Monstros manufaturados! — exclamei. — Quer então o senhor dizer que...

— Sim. As criaturas que o amigo viu são animais a que dei forma nova. A isso, ao estudo da plasticidade das formas vivas, venho devotando minha vida. Estudei-a durante anos, e sempre tenho feito progressos. O senhor está terrificado, e, no entanto, não estou a dizer nada de novo. Velhas coisas do domínio da prática anatômica, mas que ninguém ousa realizar. Não é somente a forma externa do animal que eu consigo mudar. A fisiologia, o ritmo químico da criatura, também pode sofrer duradouras modificações, como no caso das vacinas, que lhe deve ser familiar.

"O meu tema no início foi a transfusão de sangue. Coisa muito simples. Menos simples, porém, e com certeza muito mais praticada, eram as operações dos empíricos medievais que faziam anões, aleijados grotescos ou monstros para exibição em feiras;

vestígios dessa arte ainda subsistem hoje no preparo dos saltimbancos ou contorcionistas. Vítor Hugo descreve um caso no *Homem que ri*. Creio que minha ideia se vai tornando clara em seu espírito. O senhor começa a ver que é possível transportar tecidos de um animal para outro, alterar reações químicas e processos de crescimento, modificar articulações de membros e mudar a estrutura interna.

E, no entanto, este extraordinário ramo da cirurgia nunca foi desenvolvido pelos modernos investigadores, exceto por mim. Assumi a empresa. Muitos dos conhecimentos existentes na matéria foram adquiridos por acaso — por tiranos, criminosos, pelos criadores de cavalos e cães, por toda a sorte de homens não treinados cientificamente e trabalhando apenas para fins imediatos. Fui eu o primeiro homem a atacar o problema com sólida informação científica sobre as leis do crescimento e apetrechado de todos os recursos da cirurgia antisséptica.

Muita coisa no passado foi praticada em segredo. Criaturas como os irmãos siameses... E nos cárceres da Inquisição? Não há dúvida que a mira imediata era a tortura artística, mas alguns dos inquisidores deviam ser dotados de curiosidade científica..."

— Mas essas coisas — esses animais "falam!" — murmurei.

Moreau confirmou o fato e disse que as possibilidades da vivissecção não se detinham nas possibilidades físicas. Um porco pode ser educado. A estrutura mental ainda está menos determinada que a física. Na ciência do hipnotismo, encontramos a promessa da possibilidade de mudar os velhos instintos por meio de sugestões, enxertando ou substituindo ideias herdadas. Na realidade, muito do que chamamos educação moral é uma modificação artificial e uma perversão do instinto; a belicosidade passa a corajoso autossacrifício, e a sexualidade reprimida degenera em emoção religiosa. E a grande diferença entre o homem e o macaco está na laringe, na incapacidade de articular sons-símbolos que permitam a transmissão e perpetuação do pensamento. Neste ponto não pude concordar com o doutor Moreau, mas não justifiquei a minha objeção. Ele insistiu que a coisa era assim e continuou a relatar seus trabalhos.

Perguntei-lhe, em certo ponto, por que motivo havia tomado a forma humana como modelo. Parecia-me de extrema maldade essa escolha.

Ele confessou que escolhera essa forma ao acaso.

— Eu poderia trabalhar de modo a transformar carneiros em lhamas e vice-versa, mas escolhi a forma humana como a mais interessante, a mais artística. Entretanto, não me limitei a isso. Uma ou duas vezes...

Nesse ponto, o doutor Moreau interrompeu-se por um minuto.

— Aqueles anos! Como correram depressa! E agora acabo de perder mais um dia em salvar sua vida, e ainda uma hora a dar-lhe estas explicações — a justificar-me...

— Mas — disse eu — ainda não estou satisfeito. Que justificação pode ser a sua de infligir esses suplícios? A única coisa que poderia justificar uma vivissecção seria uma aplicação...

— Precisamente — respondeu ele. — Mas nós somos constituídos de maneiras diferentes. Pertencemos a planos diversos. O senhor é materialista.

— Não sou materialista — protestei com calor.

— Do meu ponto de vista, sim, é, porque é justamente essa questão da dor que nos separa. Enquanto a dor visível, ou audível, deixar o senhor doente, enquanto sua própria dor o guiar, enquanto a dor constituir sua base ética, o senhor será um animal a pensar e a sentir com um pouco menos obscuridade que os irracionais. Essa dor...

Aquele sofisma irritou-me.

— Oh! — exclamou ele. — A dor é coisa sem importância. Um espírito verdadeiramente aberto ao que a ciência pode ensinar deve tê-la como fato mínimo. Pode ser que, salvo neste pequeno planeta, neste grão de pó cósmico, essa coisa chamada dor não exista. Porém, mesmo aqui, mesmo nesta terra, mesmo entre as criaturas vivas, que é a dor?

Moreau tirou do bolso um canivete, abriu-o e, aproximando-se, para que eu pudesse ver melhor, enterrou a lâmina em certo ponto da coxa, retirando-a em seguida.

— Já viu fazer isto? Não dói mais que uma leve picada de alfinete. E que é que demonstra? Que um músculo não tem necessidade de sentir dor, e, pois, a dor não se manifesta nele; somente aqui e ali, na coxa, existem pequenas zonas de dor. Dor não passa de uma advertência médica que nos aconselha e estimula. A carne viva não é toda sensível à dor, como não o são totalmente os nervos. O nervo óptico, por exemplo. Se é ferido, o paciente em vez de dor vê uma fulguração luminosa, e nos nervos auditivos certas lesões só determinam zoadas. As plantas não sentem dor; os animais no mais baixo da escala, e outros, como o caranguejo, também não sentem dor. Entre os homens, quanto mais alto em inteligência é o indivíduo, menos necessita o aguilhão da dor para se guiar na vida e defender-se dos perigos. A evolução irá tornando a dor desnecessária.

"Além disso, Prendick, sou um homem religioso, como todos os homens bem equilibrados, e tenho seguido os caminhos do Arquiteto Universal melhor que o senhor — porque vivo a investigar suas leis enquanto outros, como o senhor, passam a vida a caçar borboletas. E na verdade direi que prazer ou dor nada tem que ver com o céu ou o inferno. Prazer e dor — bah! Que é o êxtase teológico mais que a visão das huris de Maomé? Essa importância que homens e mulheres dão ao prazer e à dor não passa de reminiscência da besta de onde eles procedem. Dor! Dor e prazer — existem somente enquanto nos agitamos no pó...

Como o senhor vê, prossegui ininterruptamente nestas investigações. Não existe outro caminho. Proponho-me uma questão, estabeleço o método e o que obtenho é sempre um novo problema. O senhor não pode imaginar o que isso significa para um pesquisador nem calcular como isso o apaixona. A coisa que ele estende sobre a mesa operatória deixa de ser um animal — passa a ser um problema. Simpatia pela dor, emoção causada pela dor são coisas de que me lembro remotamente; conheci isso num passado que já vai longe. Meu interesse reside unicamente no encontro dos limites da plasticidade da forma viva."

— Mas isso é uma abominação!

— Até hoje nunca me preocupei com a ética do caso. O estudo da natureza torna o homem tão nu de remorsos como a própria natureza. Tenho prosseguido sem me deter diante de consideração nenhuma, a não ser meu problema, e os resultados andam a viver aí pela floresta. Onze anos já faz que aportei aqui com Montgomery e seis indígenas canacas. Lembro-me do pávido silêncio da ilha e do imenso vazio do oceano. Parecia que o lugar fora disposto para o que eu requeria.

"O material necessário foi trazido de fora e construí estas casas. Os indígenas passaram a morar em cabanas, junto à ravina. Coisas desagradáveis aconteceram no princípio. Comecei com um carneiro, que matei dois dias depois com um golpe em falso do escalpelo; tomei outro e construí um ser de dor e medo, e assim o deixei cicatrizar. Pareceu-me quase humano quando o concluí, mas não me satisfez; ficou aterrorizado além de tudo quanto se possa conceber, e não possuía mais inteligência que um carneiro comum. Quanto mais eu o considerava, mais desajeitado me parecia, e, por fim, pus termo à miséria do pobre monstro. Esses animais sem coragem, vencidos pelo medo e movidos pela dor, sem uma faísca de belicosidade ou energia para enfrentar o tormento, não se prestam como matéria-prima dos meus trabalhos.

Depois tomei um gorila e, agindo com infinito cuidado, construí meu primeiro homem. Durante toda uma semana, dia e noite, o moldei como se fosse de barro. A sede principal das modificações tinha de ser o cérebro — muita coisa a alterar, a ser acrescentada. Pareceu-me ter ficado um belo espécime do tipo negroide quando o larguei para soldar-se e cicatrizar, imobilizado em faixas assépticas. Vi que sua vida não corria perigo e fui em procura de Montgomery, que encontrei num estado muito semelhante ao seu. Montgomery ouvira os gritos de dor, inevitáveis no meu processo de humanização, gritos como os que o senhor ouviu logo ao chegar. Custou-me um pouco vencer a piedade desse amigo.

Os canacas também ficaram revoltados e em pânico. Não podiam sequer me ver. Consegui catequizar Montgomery, mas teve ele um trabalhão para impedir que os indígenas desertassem. E não o impediu. Um belo dia, vários fugiram, e foi assim que perdi meu iate. Muitos dias levei a educar meu homem — quatro meses talvez. Ensinei-lhe rudimentos de inglês, ensinei-lhe a contar e o alfabeto. Mas era terrivelmente moroso, embora eu conheça idiotas que o são mais ainda. Quando comecei sua educação, era seu cérebro uma folha de papel completamente branca; eu não deixara nada que contivesse memórias da sua vida de gorila. Logo que todas as feridas se cicatrizaram e ele não passava de uma coisa ainda dolorida e sem jeito, mas capaz de conversar alguma coisa, levei-o aos canacas e apresentei-o como um interessante intruso que viera escondido no porão do iate.

Os indígenas mostraram-se no começo horrivelmente apavorados com a minha obra, o que me chocou o orgulho; mas seus modos de agir eram tão brandos que eles acabaram recebendo-o lá entre si e prosseguiram na educação do meu homem número um. Mostrava-se muito imitativo e capaz de adaptação, chegando a construir uma cabana melhor que as dos indígenas. Entre estes, havia um com queda para missionário, que lhe ensinou a ler um bocadinho e deu-lhe noções de moral.

Descansei desse trabalho por alguns dias e tive a ideia de escrever uma comunicação que abrisse os olhos dos fisiologistas ingleses. Porém, ao fim desse tempo, fui dar com a minha criatura trepada a uma árvore, a fazer caretas para os canacas. Ameacei-o, fiz-lhe ver que não era nada humano aquilo, despertei seu sentimento de vergonha, e então deliberei trabalhar outra criatura com mais aperfeiçoamento antes de comunicar o fato à ciência do meu país. E desde esse dia venho fazendo sempre coisas melhores. Acontece, porém, que meus homens regridem às vezes, deixam renascer a besta-fera que foram — e eu sempre espero corrigir esse ponto fraco em novas obras. Hei de vencer a falha. Meu puma...

Mas a história é essa. Todos os canacas já desapareceram daqui, fugidos ou mortos. Um caiu do bote e se afogou; outro morreu de um espinho envenenado no pé. Três fugiram no iate, e suponho que pereceram afogados. O último... foi morto. Pois muito bem: eu os substituí com os produtos do meu escalpelo."

— Que aconteceu ao último? — perguntei. — O que foi morto?

— Aconteceu que depois de ter eu feito certo número de trabalhos, saiu-me do escalpelo um que... que matou o canaca. Matou ao canaca e a várias das minhas peças. Fora uma experiência. Tratava-se de uma criatura sem membros, com uma horrível cara que serpenteava pelo chão ao modo das cobras. Ficou imensamente forte e caminhava rebolando-se como os botos. Escondeu-se na floresta por alguns dias, fazendo maldades a todos que lhe passavam ao alcance, até que lhe demos caça; rebolou então para a parte norte da ilha e tivemos de dividir nosso grupo para cercá-lo melhor. Montgomery insistiu em ficar no meu grupo. O canaca dirigia o outro. Fomos encontrá-lo morto, com a carabina ao lado retorcida em S e com o cano amassado a dente, Montgomery atirou contra o monstro... Depois deste desastre não me afastei de tomar como modelo das minhas criações ao homem — exceto para pequenos monstrinhos de recreio.

Moreau calou-se. Eu não tirava os olhos da sua face.

— E assim por vinte anos — incluindo nove na Inglaterra — não tenho feito outra coisa; algo, entretanto, desafia-me, torna-me descontente, força-me a novas tentativas. Alço-me às vezes acima de mim mesmo; mas logo sobrevêm descaídas e jamais consigo realizar o que sonho. Forma humana é coisa que agora consigo com facilidade, fazendo-a graciosa e débil, ou espessa e forte; mas ainda ocorrem embaraços com as mãos e as garras — penosos detalhes que não ouso conformar com liberdade. É sobretudo nos delicados enxertos e remodelações do cérebro que minha técnica encontra maiores dificuldades. A inteligência me sai com terríveis falhas, lapsos inesperados. Outro ponto que ainda não consegui esclarecer é a sede real das emoções. Instintos, desejos — há reservatórios ocultos dessas forças herdadas que de súbito irrompem e inundam toda a criatura de ondas de cólera, ódio ou medo.

"Esses entes que tenho construído parecerão ao senhor estranhos e disformes; mas a mim, que os elaborei e lhes conheço a mecânica interna, são indiscutivelmente seres humanos, ou parecem-me no começo. A ilusão só desaparece com o tempo, à medida que começo a observá-los. Traços animalescos ressurgem de súbito, modos de andar, peculiaridades... Mas hei de vencer. Cada vez que elaboro uma criatura num banho ardente de dor, digo a mim mesmo que daquela vez destruirei toda a animalidade e só deixarei humanidade — isto é, construirei um ser racional todo concebido por mim. E hei de chegar lá. Que são onze anos? A natureza despendeu milhões para fazer o primeiro homem."

Moreau estava sombrio.

— Mas estou progredindo. Este puma...

Interrompeu-se, para recomeçar depois de um silêncio:

— Retrocedem, é isso. Logo que minha mão se afasta deles, a besta-fera começa a renascer, a afirmar-se...

Outro silêncio.

— E o senhor então agarra as criaturas feitas e abandona-as na floresta?

— Elas vão para lá. Eu só as abandono quando a besta-fera principia a transparecer, e elas se ajuntam lá pela covanca. Todas se apavoram com a minha presença, com a vista desta casa e deste cercado de pedra. Há por lá um arremedo de vida humana. Montgomery sabe disso, porque está sempre a interferir na vida da covanca. A duas ou três ele treinou para serviços caseiros. Essa é a parte dele, não minha. Não sinto nenhum interesse por tais criaturas, que só me provocam sentimentos de desespero, dadas as minhas falhas sucessivas. Seguem por lá as regras que o missionário canaca lhes embutiu no cérebro e arremedam a vida racional — as pobres criaturas... Há qualquer coisa que chamam a Lei. Cantam coisas. Constroem seus antros, colhem ervas e frutas e até se casam. Mas eu vejo claro dentro deles — vejo-lhes a alma, almas semimortas do animal que destruí, nas quais subsistem fragmentos de desejos, de instintos, de ânsia de viver. E são estranhíssimos. Complicados, como tudo o que vive. Existe neles uma espécie de vaidade, provinda parte da emoção sexual subsistente e parte da curiosidade. No puma, espero eliminar isso; tenho trabalhado muito — e bem — no seu cérebro.

"E agora" — disse por fim Moreau depois de um longo silêncio durante o qual cada um de nós seguiu seus próprios pensamentos — "que é que o senhor pensa? Ainda está com medo de mim?"

Encarei-o e só vi um rosto pálido de homem grisalho, de olhos serenos. A não ser esta serenidade, o toque quase de beleza que ressaía de seus traços e de seu porte magnífico, poderia ele passar por um velho *gentleman* a repousar no conforto de um

cômodo fim de vida. Senti um arrepio na espinha. Depois, em resposta à sua segunda questão, entreguei-lhe o revólver.

— Guarde-o — respondeu num bocejo. Levantou-se a seguir, olhou-me por um momento e sorriu. — O senhor teve dois dias muito agitados. Precisa de repouso. Deite-se e durma. Estou contente de ver desfeito o mal-entendido. Boa noite.

Disse e retirou-se. Ergui-me e fechei o quarto à chave. Sentei-me novamente, exausto de emoções, quebrado no físico, com um grande transtorno no pensamento. A janela negra olhava-me como um olho. Apaguei a lâmpada e atirei-me à rede. Dormi imediatamente.

CAPÍTULO XV

Os habitantes da ilha

Despertei cedo. A explicação de Moreau veio-me instantânea à memória logo que abri os olhos. Pulei da cama e fui verificar se a porta estava fechada como a deixara. Vi a barra firme no lugar. A convicção de que os habitantes da ilha eram monstros bestiais, meros disfarces de homens e, pois, capazes das coisas mais imprevistas, encheu-me de novos pavores. Uma batida na porta. Era M'ling. Meti um dos revólveres no bolso e fui abrir.

— Bom dia, senhor — disse ele entrando com a bandeja do *breakfast*.

Montgomery apareceu logo a seguir e imediatamente percebeu minha mão no bolso do revólver. Riu-se.

O puma estava a descansar naquele dia; mas Moreau, que era amigo da solidão, deixara de aparecer. Conversei com Montgomery para aclarar minhas ideias quanto ao modo de vida dos monstros. Interessava-me sobretudo saber por que motivo não atacavam seus martirizadores.

Montgomery explicou-me que a segurança de que se gozava na ilha era devida ao limitado desenvolvimento mental das criaturas. A despeito do avanço em inteligência e da ressurreição dos instintos bestiais, certas ideias básicas que Moreau lhes implantara no cérebro agiam como freios. Na realidade, estavam hipnotizados. Haviam sido afeitos a repetir mil vezes que tais e tais coisas eram impossíveis ou não se faziam, e essas coerções lhes ficaram incrustadas nos miolos com força que nada desalojava. Daí a obediência cega.

Certas atividades, todavia, nas quais os velhos instintos subsistentes estavam em conflito com as conveniências de Moreau, não se achavam em posição estável. Uma série de proposições com o nome de Lei — eu já as ouvira cantar como ladainha — mantinham em choque, no íntimo daquelas criaturas, as rebeldias da natureza animal. Era uma Lei que andavam sempre a repetir e a infringir. Tanto Montgomery como Moreau mostravam especial solicitude em conservá-los ignorantes do gosto do sangue. Temiam as inevitáveis sugestões hereditárias.

Montgomery contou-me que a Lei, especialmente entre os felídeos humanizados, enfraquecia-se ao cair da noite, e então o humano se recolhia e o bestial tomava a frente. Era visível o despertar do espírito de aventura ao sobrevir da noite. Ousavam coisas que jamais ousariam de dia. Por isso fui negaceado pelo leopardo-homem na noite da minha chegada. Mas naquele tempo, ao que pude observar, só infringiam a Lei furtivamente à noite, porque de dia se comportavam respeitosos de todas as proibições.

A ilha era de contornos irregulares, com uma área total de sete ou oito milhas quadradas. Vulcânica de origem e cintada de bancos coralinos. Chaminés de vapores erguiam-se das fendas da rocha ao norte, onde ficavam as fontes de água sulfurosa; eram os únicos remanescentes das forças subterrâneas que haviam dado nascimento à ilha. De quando em quando, leves tremores do solo se tornavam sensíveis, seguidos de mais intenso vaporar das fendas. Mas era tudo. A população da ilha, segundo os cálculos de Moreau, não passaria de sessenta criaturas por ele trabalhadas, isso sem contar a miúda monstruosidade que vivia pela floresta e não apresentava forma humana.

Ao todo, Moreau havia construído cento e vinte peças; mas muitas já tinham morrido e outras haviam sido mortas, como o monstro sem pés nem braços que matara o canaca. Geralmente se reproduziam, sem que a prole apresentasse as alterações de

Moreau, e não era prole viável. Quando algum filhote sobrevivia, Moreau o tomava como acavalo para suas enxertias humanizadoras. Fêmeas eram menos numerosas que machos e muito perseguidas, a despeito dos mandamentos monogâmicos da Lei.

Ser-me-ia impossível descrever todos esses monstros detalhadamente, visto que meus olhos não estavam treinados em minúcias anatômicas e me faltam conhecimentos de desenho. O que mais me impressionava era a desproporção entre as pernas das criaturas e o tronco; e, apesar disso, tão relativa é nossa ideia de beleza e graça, meus olhos foram se habituando àquelas formas a ponto de, muitas vezes, sentir eu a sensação de que as minhas formas é que eram as monstruosas. Outro ponto que me impressionava era o modo de andar, de suster a cabeça a prumo, e a curvatura da espinha. O próprio macaco-homem não apresentava a curva espinhal que torna a silhueta humana graciosa... para nós homens. Muitos tinham os ombros encovados e os antebraços curtos e sempre pendentes, e poucos se apresentavam com excesso de pelagem.

Outra deformidade digna de nota era a das faces; quase todos se mostravam prognatas, malformados de orelhas, com grandes narizes protuberantes, cabelo dando ideia de pelos e olhos estranhamente colocados e variegadamente coloridos. Nenhum se ria, a não ser, a seu modo, o macaco-homem. Além destes caracteres, as cabeças apresentavam pouca coisa de comum; cada qual denunciava as particularidades da espécie original: a estampa humana deformava, mas não ocultava o leopardo, o touro, o porco ou o que fosse que servisse de matéria-prima para as esculturas de Moreau. Também as vozes variavam muito e as mãos eram sempre mal construídas; comumente faltavam-lhes dedos e sensibilidade táctil.

Os mais formidáveis eram o leopardo-homem e um ser misto de porco e hiena. Maiores ainda que o leopardo-homem, tínhamos os touros-homens, que nos trouxeram para a ilha ao bote — os remadores. Vinham depois o de pelagem prateada, o guardião da Lei, e um sátiro misto de macaco e bode. Havia três lobos-homens, um urso-touro e um São-Bernardo-homem. O macaco-homem já o descrevi, mas não falei numa criatura que singularmente me repugnava pelo mau cheiro, uma velha feita de raposa e urso. Era uma furiosa mantenedora da Lei. Criaturas menores havia-as ainda como aquela preguicinha cor-de-rosa. Basta, porém, de catalogação.

No começo, esses monstros me causavam uma repugnância infinita, mas, com o tempo, fui-me habituando e passando a vê-los como os via Montgomery, o qual já morava ali de tanto tempo que os tinha como seres normais. Uma vez por ano apenas ia ele a Arica em busca de novas vítimas, e lá naquela congérie de mestiços de espanhóis não encontrava criaturas que valessem muito mais que as da ilha. Os marinheiros do navio, contou-me ele, pareceram-lhe, na primeira viagem, tão estranhos como a mim estavam parecendo os moradores da ilha. As pernas compridas, as caras chatas, a testa larga — e as ruindades de alma tornavam-nos diferentes dos homens que ele conhecera em Londres. Se a sua boa vontade me favoreceu, foi por ver em mim algo diverso.

M'ling, o primeiro animal-homem com que me defrontei, não vivia com os outros na covanca e sim numa pequena cabana perto do cercado de pedra. Era uma criatura de inteligência equivalente ao macaco-homem, porém mais dócil e com mais jeito de ser humano que as demais; Montgomery treinou-o em preparar alimentos e realizar todos os mais trabalhos domésticos. Constituía um complexo troféu da horrível habilidade de Moreau e fora feito de urso, misturado com elementos de touro e cão. Suponho que fosse o melhor trabalho do diabólico vivisseccionista. M'ling tratava Montgomery com estranha ternura e devoção, e sempre que amimado expandia-se em cabriolas demonstrativas de extraordinário deleite. Mesmo quando maltratado, nos momentos de bebedeira de Montgomery, nunca deixava de lhe ficar ao pé.

Já disse que me habituei ao Povo Bestial e que tudo com o correr do tempo me foi parecendo natural e normal. Tudo na natureza se adapta ao meio envolvente, além de que Moreau e Montgomery eram mui diversos do comum dos homens para que pudessem, com sua presença, manter vivo diante de mim o clássico padrão humano. Eu olhava para os bovinos-humanos que nos remaram o bote e me perguntava em que diferiam dos campônios que passam a vida a empurrar os arados; e quando contemplava a cara vulpina da raposa- urso-mulher, com seu ar estranhamente humano, ficava a imaginar onde já vira feições como aquelas.

Apesar disso, de vez em quando, o animal sufocado dentro dessas criaturas ressurtia indomável. Um feioso corcunda, perfeitamente humano, abria-se a boca num bocejo e mostrava dentes de tigre. De passagem por uma criatura feminina, esguia e branca, eu vislumbrava às vezes um brilho felino de pupila que me denunciava a origem bestial. O mais curioso a respeito destas estranhas fêmeas fabricadas por Moreau era que tinham o sentimento da sua repulsividade e em consequência mostravam decoro, e um respeito perfeitamente humano pela decência externa.

CAPÍTULO XVI
Gosto de sangue

A MINHA INABILIDADE COMO ESCRITOR ME ATRAIÇOA, E já ia perdendo o fio desta história. Depois de tomada, em companhia de Montgomery, a refeição da manhã, levou-me ele a ver as águas termais por onde eu andara na fuga da véspera. Levamos chicotes e revólveres.

Num certo trecho de mata, ouvimos gritos de um coelho e nos detivemos a escutar; nada mais percebendo, prosseguimos na marcha. Montgomery chamou-me a atenção para certos animaizinhos cor-de-rosa, de longas pernas traseiras, que pulavam por ali. Eram criaturas feitas com os filhotes dos mostrengos de Moreau. Ele os havia ajeitado para produzirem carne, mas o hábito de devorarem as crias não deixava que a nova espécie se propagasse. Eu já me havia cruzado com algumas dessas criaturas durante a noite de luta com o leopardo-homem e no dia em que Moreau me caçou. Por acaso, num dos pulos que o animalzinho deu para fugir de nós, veio a cair num buraco escavado pelo desenraizamento de uma árvore, e antes que pudesse safar-se o apanhamos. Debateu-se como gato bravo, escoiceando com as patas traseiras e mordendo; os dentes, porém, eram muito fracos para se cravarem na carne. Pareceu-me uma bonita criaturinha e, segundo me disse Montgomery, nunca esfuracavam o chão e eram bastante asseados de hábitos. Nada melhor para substituir os coelhos em nossos parques ingleses.

Também encontramos pelo caminho uma árvore com a casca lanhada e em parte arrancada, e para aquilo Montgomery chamou-me a atenção.

— Não arranhar a casca das árvores, essa é a Lei — disse ele. — Pelo que vejo, não andam fazendo grande caso da Lei.

Logo depois, encontramos o macaco-homem e o sátiro. Este sátiro era a figuração de uma reminiscência clássica de Moreau; tinha feições caprinas (lembrando o tipo judaico), voz áspera e pés satânicos. Estava roendo a casca de uma fruta quando passou por nós. Tanto um como outro saudaram Montgomery.

— Salve o Outro com o chicote — disseram ambos.

— Há um terceiro chicote agora — advertiu Montgomery. — Tomem cuidado.

— Ele também foi feito? — inquiriu o macaco-homem. — Diz ele que também foi feito?

O sátiro olhou-me com curiosidade.

— É o Terceiro com chicote, esse que entrou chorando no mar e tem a cara fina e branca.

— E tem também um chicote fino e doído — acrescentou Montgomery.

— Ontem ele sangrou e chorou — disse o sátiro. — Tu nunca sangras nem choras. O Mestre não sangra nem chora.

— Miserável criatura, você também sangrará e chorará se não tomar cuidado com a Lei — disse-lhe Montgomery.

— Ele tem cinco dedos; é um cinco-dedos igual a mim — ajuntou o macaco-homem.

— Vamos, Prendick — ordenou Montgomery pegando-me pelo braço — e lá me levou.

O sátiro e seu companheiro ficaram a olhar, fazendo observações um para o outro.

— Ele não diz nada — observou o sátiro. — Os homens falam.

— Ontem pediu-me coisas de comer — advertiu o macaco-homem. — Ele não sabia — e mais coisas disse que não ouvimos e fez o sátiro rir-se.

Foi ao voltarmos dessa excursão que demos com o coelho morto, com certeza o mesmo que havíamos ouvido gritar. O pobre animalzinho estava espedaçado, com algumas costelas à mostra e a espinha evidentemente roída.

Ao ver aquilo, Montgomery deteve-se.

— Deus do céu! — exclamou, abaixando-se para apanhar uma das vértebras arrancadas. — Deus do céu! Que quererá isto dizer?

— Alguma criatura de base carnívora que já está sob a ação dos velhos instintos — observei depois de uma pausa de exame.

— Esta vértebra foi roída e chupada.

Montgomery deu um assobio baixo.

— Não estou gostando disto — murmurou lentamente.

— Já vi coisa semelhante no dia da minha chegada.

— Que viu?

— Um coelho com a cabeça arrancada.

— No primeiro dia em que esteve aqui?

— Exatamente. Encontrei-o na mata, atrás do cercado de pedra. Cabeça completamente arrancada.

Montgomery deu um assobio baixo.

— E o que é mais, tenho a ideia de que foram estes brutos de Moreau os autores do crime. Suspeito-o. Antes de encontrar o coelho, topei uma das criaturas bebendo água.

— Como bebia? Sugando?

— Exatamente.

— Não chupar água, esse é o mandamento. Como respeitam a Lei estes brutos, quando Moreau não lhes está em cima!

— Foi o mesmo que me perseguiu depois.

— Está claro que foi. É o que sempre acontece com os carnívoros. Depois que matam, bebem. A ressaca do sangue.

E depois:

— Como era essa criatura? — inquiriu. — Seria capaz de reconhecê-la?

Disse e olhou em redor, perquirindo as sombras entre as árvores, os sítios propícios para as emboscadas na floresta que nos envolvia.

— A ressaca do sangue — repetiu pensativamente.

Montgomery tomou o revólver, examinou a carga e o repôs no bolso. Depois começou a puxar o lábio inferior.

— Creio que reconhecerei a criatura, se a vir — disse eu respondendo com atraso à sua pergunta. — Atordoei-a com uma pedrada na cabeça e deve estar com a ferida na testa.

— Mas... como vamos provar que foi ele que matou o coelho? — vacilou Montgomery. — Ah, quanto eu queria ver-me longe daqui...

Podíamos ter prolongado o passeio, mas ele não tinha coragem de arredar-se dali, da contemplação daquela vítima dos instintos ressurgidos. Pus-me a andar.

— Vamos, homem! — gritei de uns vinte passos.

Montgomery como que despertou de um sonho e dirigiu-se para o meu lado.

— Você vê — disse ele quase num sussurro. — Moreau imagina que lhes fixou a ideia de não comer carne de nenhum animal que erra por aqui. Se por mero acidente um destes brutos provou sangue...

Interrompeu-se, tomado de apreensões. Depois:

— Quero muito saber o que sucederá. Eu cometi uma loucura outro dia... Mostrei a M'ling como esfolar e preparar um coelho. É estranho... Depois o vi lambendo as mãos... Isso não me havia impressionado no momento.

Caminhou um bocado em silêncio e voltou ao tema.

— Temos que pôr fim a isto. Vou falar a Moreau.

E Montgomery não pôde pensar em outra coisa durante a volta para casa.

Moreau recebeu a notícia ainda com mais seriedade do que esperei e eu também me senti logo contaminado por aquelas apreensões.

— Temos que dar um exemplo — disse Moreau. — Não me restam dúvidas de que foi o leopardo-homem o causador de tudo. Como verificá-lo? Eu muito desejaria, meu caro Montgomery, que você dominasse seu desejo de comer carne e não me viesse com novidades perigosas. Isso pode ser de gravíssimas consequências.

— Confesso que fui um asno — concordou Montgomery. — Mas o que está feito está feito, além de que obtive licença sua, bem sabe.

— Precisamos providenciar sem demora — advertiu Moreau. — Se qualquer coisa acontecer, acho que M'ling poderá defender-se por conta própria.

— Não me sinto em absoluto seguro de M'ling — respondeu Montgomery.

Naquela tarde, os dois homens, eu e M'ling cruzamos a ilha de rumo à covanca. Íamos os três armados de revólveres e M'ling com o machadinho que usava para lenhar e um rolo de arame. Moreau levava ainda uma enorme buzina de chifre a tiracolo.

— Vamos ter uma assembleia do Povo Bestial — disse Montgomery. — Espetáculo deveras impressionante.

Moreau ia calado, com a cara a trair suas apreensões. Cruzamos a ravina no extremo da qual havia as fendas de vapores sulfurosos e seguimos a tortuosa senda que entrava pelo tabocal até atingir uma área coberta de espessa camada de pó amarelo, que me pareceu enxofre. Pelos desvãos das rochas, víamos nesgas do mar rutilante. Detivemo-nos numa espécie de anfiteatro natural. Moreau levou à boca a buzina e desferiu um ronco soturno que arrepiou o silêncio envolvente. Devia ter pulmões muito fortes para produzir tal som! A buzinada estentórea ecoou ao longe impressionantemente.

Logo a seguir, ouvimos rumor de tabocas quebradas e som de vozes vindas do ponto onde havíamos estado na véspera. E aqui e ali começaram a aparecer os vultos grotescos do Povo Bestial, de corrida para nosso lado. Não pude reprimir um estremecimento de horror ao vê-los rebentar entre as árvores e tabocas, em bamboleios de corpo sobre o pó amarelo e quente; mas como notasse Moreau e Montgomery bastante tranquilos, também me tranquilizei e fiquei ao lado deles.

O primeiro que chegou foi o homem-sátiro, singularmente fantástico com aqueles seus cascos demoníacos; em seguida, apareceu um verdadeiro monstro, misto de cavalo e rinoceronte, que vinha mascando um molho de ervas; depois vi a porca-mulher e duas lobas-mulher; depois, a feiticeira raposa-urso, de impressionantes olhos vermelhos na face escarlate; em seguida, os outros. Vinham em corrida precipitada. Chegavam e reuniam-se em redor de Moreau, em agachada atitude de submissão, entoando cada qual por sua conta fragmentos de cantoria da Lei: "Sua" é a mão que fere; "sua" é a mão que cura, e assim por diante.

A uma distância de trinta jardas, detiveram-se, prostraram-se e começaram a tomar do chão punhados do pó de enxofre, que esparziam sobre a cabeça. O leitor que imagine a cena. Nós quatro (nós e o cara-negra) de pé num ponto onde esse pó se acumulava, com o Sol resplandecente a nos envolver da sua luz crua e rodeados de uma congérie de monstros que se encolhiam, que se agachavam, que gesticulavam. Seres tão extraordinariamente disformes que mais pareciam fantasmas de pesadelo ou sonho de ópio. E ao fundo, as lanças eretas do tabocal, de um lado, e do outro um bosque de palmeiras que imprimiam a silhueta dos topes sobre o nebuloso horizonte do oceano.

— Sessenta e dois — contou Moreau. — Faltam quatro.

— Quais?

— O leopardo-homem é um.

Moreau levou de novo a buzina à boca e tirou outro apelo ainda mais prolongado, enquanto os monstros ali reunidos gingavam os corpos desajeitada e grotescamente. Logo depois, vimos erguer-se de certo ponto uma nuvem de pó amarelo — e o homem-leopardo apareceu. Notei que tinha a testa machucada. O último a acudir ao chamado foi o macaco-homem, que foi recebido com maus olhares dos outros.

— Silêncio! — ordenou Moreau com voz imperiosa e o Povo Bestial acocorou-se ou sentou-se, atento à voz do Senhor. — Onde está o Mestre da Lei?

— Onde está o Mestre da Lei?

O monstro de pelo argênteo curvou a cabeça até o chão.

— Digam as palavras — mandou Moreau, e todos da assembleia, oscilando de um lado e de outro e tomando punhados do pó amarelo ora da direita, ora da esquerda, começaram a entoar a estranha ladainha que eu já ouvira na covanca. Quando chegou o momento do "Não comer carne nem peixe", Moreau interrompeu o canto.

— Alto! — exclamou, e profundo silêncio se fez.

Pareceu-me que todos temiam o que estava para ocorrer. Observei as caras humildes onde se imprimiam todos os signos do pavor e admirei-me de que os houvesse suposto homens.

— Este mandamento não está sendo cumprido — disse Moreau.

— Ninguém escapa — murmurou a criatura sem face coberta de pelagem argêntea.

— Ninguém escapa — repetiram todos os outros.

— Quem é o criminoso? — inquiriu Moreau correndo os olhos pela assistência e estalando o chicote.

Vi que a hiena-porco estremecia e que o leopardo-homem se mostrava inquieto, como que já sentindo nas carnes as dores da tortura.

— Quem é o culpado? — insistiu Moreau com voz de trovão.

— Ai daquele que rompe a Lei! — entoou o Mestre dos mandamentos.

Moreau enfitou o leopardo-homem, parecendo querer arrancar-lhe a alma.

— Quem quebra a Lei — acentuou Moreau tirando os olhos da vítima e correndo-os pela assistência — volta para a Casa da Dor.

— Volta para a Casa da Dor — repetiram todos em eco.

— A Casa da Dor, a Casa da Dor — guinchou o macaco-homem, como se essa lembrança lhe causasse prazer.

— Ouviram todos? — berrou Moreau. — Ouviram o que acabo de dizer?...

Porém, nesse momento, algo horrível sucedeu. O leopardo-homem, livre já do olhar magnetizante do Senhor, projetava-se contra ele de salto, com os enormes dentes ar- reganhados. Só a loucura do pânico ante a perspectiva dos tormentos poderia ter determinado aquele impulso. A assistência pôs-se de pé, atônita. Eu saquei o revólver. O monstro alcançara o médico, lançando-o com violência ao chão. Começou o tumulto. Tive a impressão de que um motim generalizado irrompera.

Vi a cara do leopardo-homem passar por mim qual um relâmpago e logo atrás o vulto de M'ling que o perseguia. Vi reluzirem os olhos amarelos da hiena-porco. Vislumbrei Moreau no chão engatilhando o revólver e vi um relâmpago vermelho riscar o espaço. Toda a turba se moveu então no mesmo rumo e me senti também eu arrastado pelo magnetismo desse movimento; um segundo depois, o bando inteiro se afastava dali em perseguição do leopardo-homem.

M'ling seguia na frente, bastante perto do fugitivo; mais atrás, com a língua de fora, corriam os lobos-homens aos saltos; depois vinham os porcos-homens grunhindo excitados e os três bois-homens de pelagem branca. Chefiava outro grupo o próprio Moreau, de chapéu de palha de largas abas caído sobre as costas, os cabelos grisalhos flutuantes ao vento e o revólver em punho. A hiena corria a meu lado, procurando igualar comigo o passo e lançando-me olhadelas furtivas. Vinha, por fim, o resto da turba. Montgomery não atentei por onde andava; perdi-o de vista.

O leopardo-homem abria caminho pelo tabocal

e as hastes que ele apartava volviam como látegos sobre a cara de M'ling. Os que íamos mais atrás encontrávamos um caminho bem apisoado nas ervas. A batida se estendeu por meia milha, e logo enveredou por um maciço de árvores numa elevação de terreno, o que muito nos dificultava o avanço. Cipós e espinhos nos atrapalhavam e retardavam os movimentos. Feri-me em vários pontos.

— Ele passou por aqui correndo nos quatro pés — ouvi Moreau dizer adiante de mim com voz ofegante.

— Ninguém escapa — murmurou um dos lobos-homens, olhando-me com os olhos brilhantes de excitação.

Ao chegarmos ao tope rochoso, vimos a alguma distância a presa, que corria sobre os quatro pés, grunhia e de momento em momento volvia para trás a cabeça. Os lobos-homens latiram num delírio. O fugitivo conservava ainda os seus trajes e o rosto me pareceu bem-humano; mas o modo de trotar era distintamente animalesco. Breve saltou para dentro de um espesso de espinhos onde o perdemos de vista. M'ling o seguiu.

Pela maior parte já estávamos cansados e sem o fogo do começo. Entrando numa clareira, vi que os perseguidores, em vez de formarem coluna, seguiam trôpegos em linha. A meu lado, conservava-se a hiena-porco, sempre a mirar-me com os olhos felinamente traidores.

Minha cabeça estourava e meu coração parecia querer saltar do peito, tal meu cansaço; mesmo assim, eu prosseguia, de medo de atrasar-me e ficar a sós com aquele horrendo companheiro.

Do outro lado do maciço de espinheiro, o leopardo-homem ressurgiu e pareceu vacilar quando defrontou com as rochas beirantes à praia. Depois, lançou-se em certa direção — mas Montgomery, que se destacara do grupo e tomara atalho, apareceu de chofre, cortando-lhe a retirada.

Foi desse modo que, ofegante, tropeçando nas pedras, embaraçando-me em cipós e ferindo-me em espinhos, ajudei a perseguir o leopardo-homem que havia infringido o mandamento proibitório de tocar em carne, sempre com a hiena de horrível riso fixo a correr a meu lado. Era uma tarde sufocante dos trópicos e minha fadiga chegara ao extremo.

A perseguição atingira o fim. Havíamos encurralado o bruto num canto da ilha. Moreau, de chicote em punho, avançou contra ele à frente do bando agora reunido em coluna envolvente. Fechamos o cerco, gritando uns para os outros à medida que o apertávamos. O perseguido, imóvel na moita em que se escondera, espiava nossos movimentos.

— Cuidado! Cuidado! — advertia Moreau.

— Cuidado com alguma surpresa — secundava Montgomery da outra banda.

Eu estava sobre a crista da elevação, dominando com a vista a cena. Montgomery e Moreau fechavam mais e mais o cerco, cada qual comandando um magote de perseguidores. A presa, porém, conservava-se oculta na moita e em silêncio.

— Para a Casa da Dor! Para a Casa da Dor! — guinchava o macaco-homem vinte passos à minha direita.

Ao ver aquilo, envergonhei-me do terror que em outra ocasião me inspirara o pobre fugitivo.

Um rumor de galhos partidos: era o cavalo-rinoceronte, a trotar, pesadão, à minha esquerda. Súbito, a moita agitou-se e a cabeça do fugitivo emergiu. Entreparei. Estava encolhido em atitude de terror supremo. Seus olhos verdes cravavam-se em mim angustiados.

Pode isto parecer uma estranha contradição, mas vendo aquele ente naquela atitude apavorada e a me olhar tão súplice, vacilei quanto a sua animalidade — vi nele algo humano, rudimentarmente humano. E pensei nas terríveis torturas que lhe estavam reservadas. Um impulso de piedade me fez apontar o revólver para os olhos implorativos e desfechar um tiro.

Ao ouvir o estampido, a hiena-porco projetou-se contra o leopardo num uivo e cravou-lhe os dentes no pescoço. E então toda a malta de perseguidores caiu sobre ele.

— Não o mate, Prendick! — gritou Moreau. — Não o mate! — e avançou para salvar a vítima.

O médico espantou dali a hiena com o cabo do chicote e, ajudado por Montgomery, lutou para defendê-lo do ataque dos outros, sobretudo de M'ling. Mas o leopardo-homem já agonizava.

— Diabo deste Prendick! — exclamou Moreau. — Matou-o. Eu precisava deste animal.

— Lamento-o muito — desculpei-me. Foi um insopitável impulso de momento.

Eu me sentia mal do esforço feito e das emoções por que passara. Dei meia-volta, abri caminho por entre os monstros e pus-me de rumo para o cercado de pedra. A certa distância, entreparei para uma vista de olhos à cena.

Moreau deu ordens e os três bois-homens arrastaram o cadáver da vítima para a água. O Povo Bestial, numa curiosidade quase humana, seguiu em atropelo os arrastadores. Compreendi nesse momento a indizível falta de objetivação daqueles tristes seres deformados.

Na praia, rodeando Moreau e seu companheiro, o macaco-homem, a hiena-porco e outros davam largas a sua excitação e engrolavam mandamentos da Lei. Apesar disso, parecia-me quase certo de que a hiena era a culpada da morte do coelho. Eu via claro agora. Eu via na grotesca deformação que Moreau operava nas criaturas uma mistura miserável de instintos, razão e fados nas suas formas mais elementares.

Pobres brutos! Que infame, a crueldade de Moreau! Eu não havia ainda refletido nas dores e perturbações de tais criaturas depois de concluído o trabalho de remodelação. Só pensara nas torturas padecidas durante o processo operatório. Naquele momento, estas me pareciam o mínimo. Antes de deformados, eram animais como a natureza os fizera, com instintos perfeita- mente adaptados ao meio e tão felizes como o podem ser as criaturas naturais. Agora caminhavam tropeçando nos grilhões de uma humanidade absurdamente imposta e viviam presos de um terror sem tréguas, submetidos a uma lei que não entendiam — miseráveis paródias da existência humana, que começavam com a agonia e se prolongavam na luta interna o no terror inextinguível. E tudo para quê? A futilidade da obra era o que mais me revoltava.

Se Moreau fosse movido por algum fim compreensível, talvez eu houvesse perdoado a sua liberalidade em infligir dor física. Também o desculparia se seu móvel fosse unicamente o ódio. Mas era tão arbitrária, tão injustificada a sua crueza! Apenas a curiosidade, a fúria louca de investigação sem objetivo. Depois de imensas torturas aqueles pobres seres, eram lançados à floresta para que continuassem por mais algum tempo a viver na dor e na dor morressem sem utilidade para coisa alguma.

Nos dias que se seguiram, a minha repulsão pelo Povo Bestial equilibrou-se com a repugnância pela infâmia de Moreau. Caí num estado mórbido, próximo do terror, o qual me abriu profundos sulcos na alma. Devo confessar que perdi a fé no mundo que tolerava o inferno criado naquela ilha.

Um fado cego, um vasto maquinismo de crueldade ali montado por um espírito satânico parecia transtornar toda a harmonia do universo. Uns desgraçados, todos. Eu, ali embutido pelo destino; Moreau, vítima de sua fúria investigadora; Montgomery, levado pela paixão do álcool; os animais-homens, com seus instintos transtornados — éramos todos uns profundos infelizes. Tinha de acabar mal aquilo, e acabou. Mas não antecipemos.

CAPÍTULO XVII

A catástrofe

Seis semanas se passaram antes que se desvanecesse a mais forte daquelas impressões, salvo o ódio que cada vez mais me inspirava as infames experiências de Moreau. Minha única ideia era fugir do convívio daquele viveiro de caricaturas humanas e voltar ao saudável ambiente dos seres normais. E os seres normais passaram a representar-se na minha imaginação com todas as perfeições de uma beleza idílica.

A minha amizade dos primeiros dias

por Montgomery não se acentuou; sua longa segregação do convívio humano, seu secreto vício da embriaguez, sua evidente afinidade, ou o que seja, com o Povo Bestial afastavam-no de mim. Comecei a evitar cada vez mais o contato daquele homem.

A maior parte do meu tempo eu passava na praia, a perquirir o horizonte em procura de uma vela salvadora, e isso seguiu assim até o dia em que um espantoso desastre veio tudo mudar da maneira mais completa.

Foi sete ou oito semanas após minha chegada — talvez mais, porque eu me havia atrapalhado na contagem do tempo. O desastre aconteceu certa manhã muito cedo, ali pelas seis horas. Eu tinha me levantado às cinco, desperto pelo barulho de três animais-homens que carreavam lenha para o cercado.

Tomei meu *breakfast* e saí do quarto, indo fumar o primeiro cigarro do dia ao ar livre e picante da manhã. Moreau apareceu no canto do cercado e saudou-me.

Vi depois que entrava no laboratório. Tão afeito já estava eu às abominações daquele homem, que foi sem nenhuma emoção que ouvi os primeiros gemidos do puma, para o qual um novo dia de tortura ia ter começo. O pobre mártir recebera a entrada do verdugo no laboratório com um urro de terror.

Poucos minutos depois, algo sucedeu. O que exatamente ninguém nunca pôde saber. Ouvi um grito agudo atrás de mim e, logo em seguida, divisei uma cara horrível, que não era de gente nem de animal, coberta de cicatrizes ramificadas, sangrenta e com olhos a despedirem fogo. Vinha para cima de mim aquela coisa. Instintivamente ergui os braços em defesa do rosto — e o monstro, no choque, lançou-me por terra violentamente. E passando por cima de mim lá se foi, todo amarrado de faixas. Eu me quedei no chão, inutilmente tentando levantar-me. Quebrara o braço. Vi então aparecer Moreau, muito lívido e mais terrível ainda graças ao sangue que lhe escorria do rosto. Vinha de revólver na mão. Passou por mim sem me ver, em precipitada corrida atrás do puma.

A muito custo, afinal, consegui pôr-me sentado. O puma enfaixado corria pela praia aos grandes saltos, seguido de Moreau. Em certo momento, voltou-se e, vendo-se perseguido, tomou rumo da floresta, ganhando avanço a cada segundo. O médico atalhara o caminho e conseguira desfechar um tiro no momento em que a fera ia alcançando as primeiras árvores. Mas errou. Pouco depois, vi-o também desaparecer na floresta.

A dor do meu braço me agoniava horrivelmente. Mesmo assim consegui me levantar e, a passos trôpegos, dirigi-me para a casa. Montgomery apareceu-me à porta, já vestido e cheio de susto. Trazia o revólver na mão.

— Grande Deus, Prendick! — exclamou ao me ver naquele estado. — O puma escapou... Arrancou uma das argolas da parede. Você o viu?

Só então atentou no meu estado e indagou o que era.

— Eu estava perto do laboratório, defronte à porta — respondi — e ele compreendeu tudo.

— Aqui há sangue — disse depois de me examinar o braço. — Quebrado evidentemente. Hum!... — e ajudou-me a entrar em meu quarto, onde me fez sentar.

— Conte-me o que se passou.

Contei-lhe o que havia visto, em palavras entremeadas de gritos, enquanto me ia ele arrumando o braço em talas, que atou com faixas trazidas do laboratório. Depois de terminado o tratamento, deu-me umas palavras de conforto e quedou-se pensativo. Por fim, saiu, tendo o cuidado de fechar o portão do recinto.

Eu estava preocupado sobretudo com meu desastre, mais um na longa série que me vinha acontecendo. Sentei-me na cadeira preguiçosa e amaldiçoei com as melhores pragas do meu vocabulário aquela ilha diabólica.

A dor da fratura já havia mudado de tom, passando a uma ardência de queimadura, quando Montgomery reapareceu. Vinha pálido e com o beiço mais caído que nunca.

— Não encontrei o menor sinal de Moreau — disse ele. — Estou grandemente apreensivo e não compreendo como o animal conseguiu escapar. Era sem dúvida mais forte que os outros.

Foi à janela, depois à porta e retornou.

— Tenho de sair em procura dele — disse. — Vou deixar aqui contigo outro revólver. Tome — e depôs a arma sobre a mesa, retirando-se em seguida.

Eu sentia a inquietação no ar. Levantei-me, tomei o revólver e dirigi-me ao portão.

Reinava na manhã um silêncio de morte. O ar parado, sem nem sequer ondulação de brisas marinhas. Comecei a caminhar de um extremo a outro do muro fronteiro como se fora uma sentinela. Meu estado febril ainda mais agravava a terrível impressão do silêncio envolvente.

Tentei me distrair assobiando. Inútil. E então praguejei — pela segunda vez naquela manhã. Olhei longo tempo para a boca da mata onde momentos antes meus olhos viram Moreau desaparecer em perseguição do puma martirizado. E agora? Onde andariam eles?

Muito longe, na praia, percebi um vulto que caminhava na direção do mar. Era um dos monstros da ilha. Entrou na água e pôs-se a esparrinhá-la. Continuei no meu vai-e-vem de sentinela. Súbito, atraiu-me a atenção a voz de Montgomery. Estava chamando o doutor.

— Mo-reau!... Mo-reau!... — gritava ao longe.

Meu braço já não doía tanto, mas estava em brasa. Senti sede intensa. Minha sombra ia encurtando. Fiquei a acompanhar o vulto do monstro na água até que desapareceu novamente na floresta.

Voltariam aqueles dois, Moreau e Montgomery?

Três gaivotas entraram a disputar qualquer coisa na praia.

Depois, muito longe na floresta, ressoou um tiro de revólver. Pausa longa. Outro tiro. Um grito dilacerante e outra longa pausa de silêncio. Minha imaginação pôs-se a criar horrores e a atormentar-me. Um terceiro tiro, perto.

Vi logo depois reaparecer Montgomery, com o rosto afogueado, cabelo em desordem e a roupa rasgada. Seu rosto exprimia consternação. Atrás vinha M'ling, de cabeça baixa, e mais alguns dos grotescos moradores da ilha.

— Reapareceu? — gritou-me ele de longe.

— Moreau? Não! — respondi.

— Meu Deus! — exclamou Montgomery ofegante. — Não fique aí fora. Entre. Eles estão loucos. Andam vagando por aí, como atacados de hidrofobia. Que será que sucedeu? Nada pude descobrir. Onde está a aguardente?

Entrou no meu quarto e atirou-se à preguiçosa, exausto. Não aguentava mais consigo. Dei-lhe um copo de álcool e água. Bebeu e ficou um espaço a ofegar. Depois contou o que lhe havia sucedido.

Montgomery seguira o rasto de Moreau por algum tempo, o que foi fácil, pois, além do mato amassado, ia encontrando fragmentos das ataduras do puma e pingos de sangue. Por fim, perdera a pista para além do riacho onde eu vira o primeiro animal-homem a beber água, e de lá tomara rumo este gritando inutilmente pelo doutor.

M'ling foi reunir-se a ele. Nada sabia do sucedido no laboratório e andava pela floresta cortando lenha. Começaram então a gritar os dois. Vários monstros aproximaram-se agachados e ficaram a espiá-los numa atitude que alarmou Montgomery. Depois retiraram-se furtivamente. Os dois ainda gritaram pelo doutor durante algum tempo: em seguida, dirigiram--se para a covanca.

A ravina estava deserta.

Cada vez mais alarmado, Montgomery voltou atrás, encontrando pelo caminho os dois porcos-homens que eu vira a dançar na floresta no dia da chegada. Tinham as caras vermelhas de sangue e estavam excitadíssimos. Ao cruzar por eles, os dois monstros os encararam com ferocidade jamais observada.

Montgomery estalou o chicote e, com grande assombro, viu que, em vez de fugirem, como sempre acontecera, os monstros avançaram. A um ele abateu com uma bala na cabeça enquanto M'ling tomava conta do segundo.

Atracaram-se, rolaram por terra; Montgomery aproveitou-se da oportunidade e atirou nesse segundo no momento em que M'ling lhe cravava os dentes na garganta. E não lhe foi fácil arrancá-lo de cima do cadáver.

Em seguida, fez-se de volta para casa, a correr, e ainda se cruzou com uma pequena onça-homem, também com a cara vermelha de sangue e a manquejar, de pata ferida. O bruto fugira até certa distância; depois parou e pôs-se a rosnar. Montgomery o abateu com o último tiro.

— Que é que tudo isto significa? — indaguei inquieto.

Ele sacudiu a cabeça e emborcou mais um copo de aguardente.

CAPÍTULO XVIII

O encontro de Moreau

Quando vi Montgomery ingerir uma terceira dose de álcool, achei que era momento de interferir. O desgraçado já estava bastante bêbedo. Fiz-lhe ver que algo sério devia ter acontecido a Moreau; do contrário, já estaria de volta; e, pois, a ele, Montgomery competia tudo fazer para apurar os fatos. Respondeu-me com objeções frouxas, e por fim concordou. Comemos alguma coisa e partimos seguidos de M'ling.

Talvez fosse devido à tensão do meu espírito naquele momento, mas o caso é

que aquela partida exploradora, pela calma quietude do calor tropical, causou-me uma impressão que jamais me saiu da memória. M'ling seguia na frente, de ombros encovados, sua cara estranha a volver de um lado e de outro. Estava em visível sobressalto. Atrás trotava Montgomery, vacilante, de mãos nos bolsos e cabeça pendida; ia ressentido comigo por lhe haver impedido de beber mais. Eu fechava o grupo, com o braço quebrado na tipoia e o revólver na mão direita. Tomamos por estreita senda que seguia rumo noroeste, onde se erguia o trecho mais exuberante das matas da ilha.

Súbito, M'ling se deteve de brusco e apurou os ouvidos. Montgomery tropeçou nele e parou também. Através das árvores, ouvíamos vozes em aproximação.

— Ele morreu — dizia vibrantemente uma delas.

— Ele não morreu, não morreu — grunhia outra.

— Nós vimos, nós vimos — ajuntaram várias.

— *Hello!* — gritou Montgomery. — Parem aí!

— Diabo! — exclamei, erguendo o revólver.

Fez-se o silêncio e depois ouvimos o estalidar da vegetação emaranhada. Primeiro uma, em seguida outra, foram aparecendo pelos vãos das ramagens uma meia dúzia de caras estranhas, animadas de estranha expressão. Reconheci o macaco-homem e um dos bois-homens; também apareceu o monstro de pelo argênteo que ensinava a Lei.

— Quem disse que ele morreu? — interpelou Montgomery depois de certificar-se a respeito dos monstros espalhados por ali.

O macaco-homem olhou com olhos de censura para o ensinador da Lei.

— Morreu — disse este monstro. — Eles viram.

Nada notei de ameaçador na atitude daquelas criaturas. Pareciam antes intimidadas e perplexas.

— Onde está ele? — inquiriu Montgomery.

— Lá longe — respondeu o monstro grisalho, apontando em certa direção.

— Há a Lei agora? — quis saber o macaco-homem.

— Há a Lei, agora sem ele? Ele morreu — disse o monstro grisalho.

E ficaram a olhar-nos, à espera de resposta.

— Prendick — volveu Montgomery dirigindo-se para mim — Moreau está evidentemente morto.

Ao ouvir afirmação tão imprudente, avancei e ergui a voz.

— Filhos da Lei — ele não morreu! — gritei.

M'ling fixou em mim os olhos agudos.

— Ele mudou de forma apenas, mudou de corpo — continuei. — Por algum tempo ninguém aqui o verá. Ele está lá! — e apontei para o céu — e de lá espia a todos. Vê a todos e ninguém o enxerga. É preciso respeitar a Lei.

Disse e encarei-os firme, fazendo-os vacilar.

— Ele é grande! Ele é bom! — disse o macaco-homem erguendo os olhos amedrontados para o céu.

— E o outro... o outro ser? — perguntei-lhes ansioso.

— A Coisa que sangrava e corria gritando, essa também morreu — disse o monstro grisalho.

— Está bem — exclamou Montgomery.

— O homem com o chicote disse que ele estava morto — observou o monstro, referindo-se às palavras que ouvira a Montgomery; este, porém, não estava tão bêbedo que não compreendesse a situação e os motivos por que neguei a morte de Moreau. Assim foi que declarou firme e lentamente:

— Sim, ele não está morto. Está tão vivo como eu.

— É por aqui, homem que veio do mar — disse-me o monstro grisalho.

E lá fomos para diante, seguidos daquelas seis criaturas, através dos espessos de fetos, rumo noroeste. Logo adiante, ouvimos um rumor no mato e o homúnculo cor-de-rosa apareceu-nos em fuga precipitada. Atrás irrompeu um monstro manchado de sangue, que deu de encontro a nós antes que pudesse sofrear seu ímpeto. M'ling desferiu um rugido e enfrentou-o, mas foi afastado de golpe: Montgomery fez fogo, e errou. Também eu descarreguei meu revólver, o que fez a fera lançar-se contra mim. Desfechei segundo tiro à queima-roupa, em plena cara. Apesar de mortalmente ferido, o monstro passou por mim e atracou-se a Montgomery, rolando com ele por terra.

Todos fugiram. Vi-me só com M'ling, com o bruto já em agonia e Montgomery prostrado. Levantou-se este lentamente e ficou a olhar atônito para o monstro que o atacara. A emoção lhe havia curado metade da bebedeira. Nisto vi a criatura grisalha aparecer cautelosamente por entre as árvores.

— Olhe — gritei-lhe apontando para a vítima. — Este rompeu a Lei e por isso jaz morto. Assim acontecerá com todos que fizerem o mesmo.

Os demais se aproximaram e rodearam o cadáver.

— Ninguém escapa — murmuraram. E o ensinador da Lei disse:

— Ele manda o fogo que mata — repetindo assim um dos estribilhos do ritual.

Deixamo-los a fazer roda ao morto e prosseguimos rumo oeste. Em certo ponto, deparamo-nos com o martirizado corpo do puma, com os ossos do ombro rompidos a bala — e talvez a menos de vinte metros adiante, demos com o que procurávamos. Moreau jazia caído de borco sobre o ervaçal.

Tinha uma das mãos quase cortada no pulso e a cabeleira empapada de sangue. O puma esmigalhara-lhe a cabeça com a corrente de ferro que ainda tinha presa a uma das patas dianteiras. As ervas amassadas estavam borrifadas de sangue. O revólver que Moreau usara não pudemos encontrar.

Montgomery virou o cadáver de rosto para cima.

Com intervalos de descanso e ajudados por sete dos monstros da ilha — porque Moreau era homem corpulento —, conduzimos o cadáver para o cercado de pedra. A noite caía. Por duas vezes, percebemos criaturas a nos espiarem das sombras, e a meio caminho a preguiça humanizada mostrou-se por um instante à nossa frente e desapareceu.

Ao defrontarmos o portão, nossa escolta de monstros debandou — e com eles desapareceu M'ling. Fechamo-nos por dentro e depusemos o cadáver mutilado sobre uma pilha de lenha.

Depois entramos no laboratório para pôr termo à vida de todos os animais que lá gemiam angustiadamente em pleno processo de vivissecção.

CAPÍTULO XIX

A festa de Montgomery

TERMINADO ISSO, E DEPOIS DE ENCHERMOS O ESTÔMAGO e mudarmos de roupa, Montgomery foi comigo para meu quarto, onde, pela primeira vez, discutimos a sério nossa situação na ilha. Era já quase meia-noite. Ele estava curado da bebedeira, mas grandemente perturbado de espírito. Vivera sempre sob o domínio da poderosa individualidade de Moreau e nunca lhe passara pela cabeça a hipótese de vir a perdê-lo. Aquele desastre representava um colapso repentino de hábitos que se haviam tornado sua segunda natureza, durante os dez ou mais anos que passara na ilha. Falava vagamente; respondia-me às perguntas alheado e extravagava.

— Esta porca miséria da vida! Que coisa sórdida! Eu não tenho vivido. Queria muito saber quando começarei. Dezesseis anos feito peteca de amas e professores que faziam de mim o que queriam; cinco anos em Londres, a estropiar-me no estudo da medicina — mau alimento, más casas, roupas no fio, porcarias — nunca tive nada bom — e depois esta ilha. Dez anos aqui! E para que tudo isto, Prendick? Somos então bolhas de espuma que um bebê se diverte em assoprar?

É difícil filosofar com um homem nesse estado de espírito.

— Temos de pensar agora — respondi — em como nos safarmos deste inferno de ilha.

— E para quê? Ir para onde? Sou um proscrito. Não tenho para onde ir. Tudo está bem para você, Prendick; mas para mim... Pobre Moreau! Não podemos deixar seus ossos entregues a estes monstros. E, além disso... Que vai acontecer à parte boa destes seres desnaturados?

— Pensaremos nisso amanhã. Quanto a Moreau, acho que podemos converter o monte de lenha numa pira e queimar o cadáver. Aos monstros da ilha... Que lhes poderá suceder?

— Não sei. Suponho que os feitos de feras voltarão a ser feras dentro de pouco tempo. Acabou-se a Lei que os intimidava. Não podemos matá-los a todos. Acha que podemos? Creio que é isto o que a "sua" humanidade está sugerindo, pelo que leio em seus olhos. Eles vão mudar. Estou seguro de que vão retroceder.

Montgomery continuou a falar assim, sem chegar à conclusão nenhuma, até que me irritei.

— Diabo do inferno! — exclamou ele em resposta a uma observação azeda que lhe fiz. — Não vê então que estou em muito pior posição que você? Espere aí.

Foi à garrafa de *brandy* e bebeu um gole; depois, ofereceu-me um copo dizendo:

— Beba! Beba, seu santarrão, e acabe com essa lógica moralizante. É de álcool que você precisa.

Recusei a oferta e fiquei a olhá-lo à luz da vela de parafina. Montgomery bebia e cada vez ficava mais alegre e loquaz. Conservo bem nítida a memória do tempo infinitamente tedioso que lhe passei ao lado. Por fim, enveredou por uma justificação, ou reivindicação dos direitos do Povo Bestial, sobretudo de M'ling.

M'ling — disse ele — era o único que lhe tinha amizade. — E de súbito uma ideia lhe acudiu.

— Já sei o que vou fazer — disse, erguendo-se aos cambaleios — e eu tive a intuição do que lhe passava pela cabeça.

— Não vai, não! — gritei. — Não vai embebedar também àquele bruto.

— Bruto? Bruto é você. M'ling bebe como um cristão. Saia do meu caminho, Prendick!

— Pelo amor de Deus, Montgomery!...

— Saia do meu caminho, já disse! — rugiu ele, sacando o revólver.

— Muito bem! — exclamei, recuando para lhe dar passagem, mas com a intenção de lhe cair em cima quando cruzasse por mim. Lembrei-me, porém, que estava inutilizado com aquele braço na tipoia e contive-me.

— Você já se converteu em monstro igual aos outros. Vá ter com eles, que é lá o seu lugar — foi tudo quanto me ocorreu dizer.

Montgomery escancarou a porta e deteve-se no limiar, de encontro à Lua que vinha rompendo. As órbitas dos seus olhos pareciam bolas negras sob o espesso das sobrancelhas.

— Você é um perfeito idiota, Prendick! Um asno! Anda sempre com medo de coisas e a imaginar desastres. Estamos no fim de tudo e amanhã teremos de nos cortar o pescoço. Está acabada a festa e quero ter o último regalo esta noite.

Disse e saiu. Lá fora, ouvi-o gritar:

— M'ling! Amigo M'ling!

Três vultos surgiram banhados pela luz da Lua em plena praia, um embrulhado em panos brancos e dois negros como a noite.

Detiveram-se, olhando. Pelos ombros encolhidos, reconheci M'ling num deles. Aproximaram-se de Montgomery.

— Bebam — disse este. — Bebam, meus brutos. Que me enforquem se não acertei! Moreau esqueceu-se desta prova. É o toque supremo. Se bebem é que são homens. Bebam.

E agitando no ar a garrafa de *brandy*, pôs-se a andar de rumo oeste, seguido de M'ling, que ia interposto entre ele e os demais.

Saí também. Já iam longe quando Montgomery se deteve. Percebi que dava uma dose a M'ling. Depois o grupo se confundiu.

— Cantem — ainda o ouvi dizer ao longe. — Cantem todos juntos. O diabo leve Prendick! Assim. Cantem todos: o diabo leve Prendick!

O grupo caminhou junto por certo tempo. Depois, dispersou-se. Cada qual seguiu por um lado às cabriolas, cantando o novo mandamento que me dizia respeito.

Mais adiante ainda, ouvi a voz de Montgomery a gritar: volta à direita! — e todos se meteram aos pinotes mato adentro.

O silêncio da noite voltou a reinar. A Lua no apogeu ia descambando para oeste. Lua cheia, muito clara, a esmaecer a luz das estrelas. A sombra do muro estendia-se a meus pés qual barra de tinta negra. O mar, ao longe, de um escuro indeciso e misterioso; e entre o mar e a sombra do muro, a areia de cristais vulcânicos, com rebrilhos de diamante em pó.

Fechei à chave a porta do meu quarto e fui ao pátio onde jazia o cadáver de Moreau sobre a pilha de lenha, rodeado de suas vítimas do laboratório. O rosto do vivisseccionista pareceu-me tranquilo, apesar da morte violenta que o colhera; seus olhos vidrados miravam rigidamente a Lua solitária e também morta, que descrevia seu eterno curso no céu. Sentei-me por ali e, rodeado daqueles restos sinistros, entrei a pensar intensamente na minha singularíssima situação.

Deliberei que ao romper da manhã eu recolheria ao escaler as provisões que pudesse, poria fogo à pira de Moreau e far-me-ia aos azares do oceano novamente. Montgomery não me era mais de nenhum auxílio. Já se animalizara, ou abrutalhara.

Seus irmãos eram aqueles da ilha e não os homens de onde procedera.

Não sei quanto tempo ali fiquei cismando, a remoer a situação. Uma hora ou mais. Fui interrompido pelo retorno de

Montgomery. Ressoaram inúmeras vozes — gritos de triunfo, grunhidos, urros, a coleção inteira das vozes bestiais. Iam na direção da praia. A gritaria foi crescendo; depois parou. Ouvi então machadadas e barulho de madeira lascada. Mas não chegaram até ao recinto de pedra.

Minhas reflexões retomaram o primitivo curso. Como escapar dali? Ergui-me, tomei a lâmpada e fui para o depósito geral ver uns barriletes próprios para água.

Depois interessei-me pelo conteúdo das latas de biscoito e abri uma. Ao abaixar-me para isso, vislumbrei com o rabo dos olhos uma estranha claridade ao lado. Corri para fora.

Não vi no pátio iluminado pela luz da Lua senão aquela pira de lenha com o cadáver de Moreau e suas vítimas mutiladas em redor; os corpos inteiriços pareciam estorcer-se ainda nos paroxismos da agonia; as feridas mostravam bocas negras como a noite, e havia muito sangue empapando a areia. Percebi qual era a causa do fulgor espectral que me assustara: um reflexo a dançar na parede fronteira. Com certeza um efeito de luz da lâmpada do meu quarto. Retornei ao depósito de víveres.

Com minha mão livre, fui abrindo as latas e os sacos e apartando o que me era necessário para o dia seguinte. Meus movimentos eram lentos, de modo que o tempo correu depressa. Quando dei acordo, os primeiros albores da aurora já coloriam o céu.

A cantoria na praia esmorecera; cessou de todo e em seu lugar um clamor irrompeu, que logo degenerou em tumulto. Ouvi gritos: "Mais! Mais!" e pareceu-me que entravam em luta. Gritos estridentes... Pus-me de pé, com os ouvidos alerta. Fui para o pátio, a fim de escutar melhor. Nesse instante, chegou-me nitidamente o som de um disparo de revólver.

Corri para meu quarto pela porta interna, tomei o revólver e saí — e ao sair ouvi barulho de um caixão que caía, de envolta a estrépito de vidro quebrado. Não dei tento ao caso. Abri o portão e espiei fora.

Na praia, perto do bote, uma grande fogueira ardia, erguendo bulcões de faúlhas para o céu ainda sem luz. Em redor, cabriolavam estranhas sombras negras. Ouvindo Montgomery chamar pelo meu nome, para lá corri de revólver em punho. A caminho, ainda percebi o fogacho de um novo disparo da sua arma, e como vinha do chão compreendi que ele estava caído. Gritei por ele com toda a força dos meus pulmões e dei um tiro para o ar.

Ouvi alguém advertir: "O Homem!" — O confuso grupo de sombras desdobrou-se em vultos esparsos e a fogueira desmoronou, diminuindo de intensidade iluminativa. A malta dos monstros humanizados fugia diante de mim, recuando para o mar. Na minha excitação, fiz contra eles alguns disparos, e, vendo-os longe, dirigi-me à fogueira.

Montgomery jazia de costas, e sobre ele estava o cadáver do monstruoso Mestre da Lei, ainda com as garras crispadas em sua garganta. Perto, M'ling, tombado de borco e imóvel, com um profundo corte na nuca e uma garrafa na mão. Dois corpos mais vi por terra, um imóvel e outro que gemia, e a espaços levantava a cabeça para deixá-la cair de novo pesadamente.

Arranquei da garganta de Montgomery as garras do Ensinador da Lei, e o fiz com dificuldade, tão crispadas estavam.

Montgomery ainda respirava. Borrifei-lhe o rosto com água do mar e do meu casaco enrolado fiz-lhe um travesseiro para a cabeça. M'ling estava morto. O segundo caído era um lobo-homem que repousava sobre tições ainda acesos. Abreviei-lhe a agonia com uma bala nos miolos. O último cadáver era o de um dos bois-homens que usavam roupas.

O resto do Povo Bestial havia desaparecido completamente. Não me dava cuidados, no momento. Voltei a Montgomery e ajoelhei-me a seu lado, maldizendo a minha ignorância completa da medicina. De nada lhe podia valer minha ajuda.

A fogueira derruída ia-se apagando aos poucos, com os tições em brasa a se recobrirem de cinzas. O dia começava a romper, com um grande leque a avermelhar o horizonte. A Lua esmorecia no azul já luminoso.

Súbito, ouvi um estrondo confuso e estalos estranhos. Pus-me de pé e em guarda. Contra o céu já incendiado pela aurora, grossos rolos de fumo negro se levantavam. As construções do cercado de pedra, cobertas de palha, ardiam. Uma enorme língua de fogo jorrava pela janela do meu quarto...

Compreendi tudo imediatamente. Recordei o estrépito ouvido ao sair de lá. Fora eu mesmo o causador do incêndio. Ao correr em socorro de Montgomery, deixara cair o lampião de petróleo.

A impossibilidade de salvar qualquer coisa do depósito de víveres se apresentou trágica. Assaltado de sinistros pressentimentos, dirigi-me ao bote, ou a um dos botes que deviam estar ali perto. Não vi nenhum. Haviam desaparecido! Porém, encontrei vestígios. Achas. Montgomery, o louco, os havia feito em pedaços e queimado na fogueira para me impedir de abandonar a ilha...

O ódio que senti! Meu ímpeto foi de moer-lhe a cara com o tacão das botas. Entretanto, vi-o mover uma das mãos em gesto tão débil, tão lastimoso que minha cólera se desvaneceu. Emitiu um gemido, descerrou os olhos e fechou-os novamente.

Ajoelhei-me diante dele e ergui-lhe a cabeça. Seus olhos reabriram-se; volveram-se para o leque de luz que ensanguentava o horizonte; depois se detiveram nos meus.

— O último... — começou ele a murmurar com esforço. — Meu último dia neste maldito mundo. Que confusão...

Calou-se. Sua mão descaiu inerte. Pensei que um gole de álcool pudesse reavivá-lo ainda uns momentos, mas não vi nenhuma garrafa por ali. Súbito, seu corpo moleou. Ficara mais pesado. Um calafrio percorreu-me a espinha.

Inclinei-me para seu rosto e colei-lhe minha mão ao peito para sentir o coração. Parado. Montgomery estava morto. Nesse momento, o disco do Sol começou a destacar-se no horizonte, transformando os negrumes do mar num agitado tumulto de rebrilhos intensos.

Repousei a cabeça de Montgomery no improvisado travesseiro e ergui-me. Olhei em torno. Diante de mim, a solitária desolação daquele oceano cuja fria crueldade eu já conhecia; atrás, as florestas cheias de monstros que me viam, que hostilmente me espiavam das sombras; ao lado, o estabelecimento de Moreau a consumir-se em chamas por entre estouros e estalos. Tudo se destruía e eu perdia as preciosas provisões com que tanto contava para a minha nova aventura pelo mar. E eu ali, sozinho, ao pé daquela fogueira extinta e daqueles cadáveres horrendos...

Em dado momento, emergiram de entre as árvores três vultos corcovados, de cabeças protuberantes, com aquelas mãos atrapalhadas e esquerdas e os olhos inquisitivos. Vinham avançando do meu lado, hesitantes.

CAPÍTULO XX

Só com os monstros

Esperei-os, já inteiramente entregue, incapaz de qualquer tentativa de defesa, com um braço na tipoia como me achava. compreendi, entretanto, que a audácia poderia ainda me salvar. Esperei-os firme e encarei-os com intrepidez. Os monstros evitaram meus olhos e puseram-se a examinar os cadáveres. Recuei uns passos e estalei um chicote ensanguentado que estava ao lado do lobo-homem. Estremeceram, acovardados.

— Respeito! — gritei. — Ajoelhem-se!

Vacilaram. Repeti a ordem com o coração na boca e avancei. Um logo se encolheu e caiu de joelhos, e os outros o imitaram.

Sem deles tirar os olhos, fui colocar-me junto ao cadáver de Montgomery, como um ator que atravessa o palco sem desviar os olhos do público.

— Esses desrespeitaram a Lei e por isso estão mortos — disse-lhes, apontando com o chicote as vítimas. — Morreram todos porque a Lei é grande!

— Ninguém escapa — murmurou um com os olhos nos cadáveres.

— Sim, ninguém escapa — repeti. — Por isso ouçam-me e façam o que eu mandar.

Tomei então as armas que vi por ali — facas, e depu-las dentro da tipoia; depois apanhei da mão de Montgomery o revólver ainda parcialmente carregado e passei-lhe em revista os bolsos em procura de mais cartuchos. Encontrei meia dúzia.

— Agarrem-no — ordenei apontando para o corpo — e levem-no ao mar.

Três monstros se adiantaram, temerosos ainda de qualquer reação de Montgomery, mas estimulados pelo pavor que o chicote ensanguentado lhes infundia. Vacilaram uns instantes; depois tomaram o cadáver e o foram levando para o mar.

— Adiante, bem mais para diante — ordenei.

Entraram pela água adentro e quando a tiveram pela cintura pararam, interrogando-me com os olhos.

— Aí! Larguem-no! — gritei — e o cadáver de Montgomery foi deposto suavemente na água, onde pareceu flutuar por um momento. Ilusão. Não flutuaria. O mar o tragou sem demora.

Senti um aperto no coração.

— Bem! — exclamei com a voz alterada, e os três

monstros voltaram para terra, pressurosos e assustados. Saindo da água, detiveram-se a mirar o ponto onde haviam largado o cadáver, como à espera de vê-lo erguer-se de um momento para outro. — Agora estes — ordenei novamente, apontando os demais cadáveres.

Levaram-nos também, mas tiveram o cuidado de não se aproximar do sítio onde haviam deposto Montgomery; o terror de uma ressurreição vingativa os dominava ainda.

Estava eu a acompanhar com os olhos aquele serviço fúnebre, quando ouvi passos; voltei-me de brusco e dei com a hiena-porco a dez metros de distância. Vinha de cabeça baixa, corpo encolhido, mãos crispadas e com os olhos maus cravados em mim. Deteve-se e ali ficou na mais suspeita das atitudes, de cabeça um pouco inclinada.

Por momentos, a surpresa também me imobilizou. Porém, reagi e, largando o chicote, empunhei o revólver sem o tirar do bolso. Minha intenção era matar aquele monstro, o mais formidável e perigoso que ainda subsistia. Matá-lo-ia à traição. Era um caso de legítima defesa.

Reconcentrei minhas forças e, dando um passo atrás, gritei:

— De joelhos!

Seus dentes rebrilharam e ouvi um grunhido. Talvez um pouco nervosamente saquei o revólver, apontei e disparei. A hiena desferiu um urro e deitou-se a correr. Vi que errara e desfechei o segundo tiro. Errei de novo e o monstro breve desapareceu aos saltos dentro da fumarada que escondia a orla da floresta. Fiquei por algum tempo olhando naquela direção. Em seguida, pus-me a remexer a areia com o pé, de modo a apagar todas as manchas de sangue existentes.

Despedi meus três servos com um gesto de mão e subi praia acima na direção de um grupo de árvores. Levava o revólver em punho, o chicote debaixo do braço e as outras armas na tipoia. Estava ansioso por me ver só, a fim de meditar sobre a nova situação em que me encontrava.

Um fato terrível de que comecei a dar conta era não existir na ilha um ponto onde eu pudesse me abrigar. Por um momento, pensei em acolher-me à covanca dos monstros, aos quais dominaria com a minha vontade e inteligência. Entretanto, faltou-me a necessária coragem. Volvi ao cercado. O estabelecimento de Moreau estava reduzido a um montão de ruínas fumegantes, monstruosa pira onde se carbonizara o cadáver do criador com os das suas derradeiras vítimas. Dirigi-me depois para uma língua de terra que penetrava no mar acabando num remate de bancos coralinos. Lá poderia ficar a salvo de qualquer surpresa, e lá me sentei de queixo nos joelhos, a pensar no horror da minha vida. Experimentei refletir com serenidade de filósofo, mas a emoção não me permitia.

Uma das últimas frases de Montgomery, ditas em tom de desespero, não me saía da cabeça. "Eles vão mudar, eles vão retornar ao que eram". E Moreau? Qual seria a ideia de Moreau sobre o caso? Também dissera o mesmo, sim. "A teimosa bestialidade retorna lentamente...". Depois rememorei a hiena-porco e confirmei-me na crença de que se não matasse aquele bruto, ele me mataria. O Mestre da Lei estava morto — novo desastre. Eles sabiam agora que nós, os manejadores do chicote, também éramos mortais, que matávamos, mas também morríamos...

Estariam a espiar-me de dentro das moitas? Estariam à espera de que eu lhes passasse ao alcance do pulo? Estariam conspirando contra a minha vida? Que lhes diria de mim a hiena? Minha imaginação atolava-se num pantanal de hipóteses das mais terríveis.

Fui despertado pelos pios das aves marinhas que voejavam em torno de um ponto negro boiante. Compreendi o que era, mas deixei-me ficar onde estava.

Depois deliberei tomar o rumo da covanca, seguindo o caminho que menos ensanchas permitisse a um assalto de surpresa.

Meia milha adiante, percebi que um dos monstros me seguia. Eu estava tão nervoso que, antes de mais nada, saquei do bolso o revólver. Nem sua aparência humilde me desarmava.

Ele hesitou quando me viu aproximar.

— Fora daqui! — berrei.

A humildade da criatura sugeriu-me a ideia do cachorro. Afastou-se de uns passos e deteve-se a mirar-me com olhos súplices.

— Fora! — repeti. — Não se aproxime.

— Não chegar perto? — indagou ele.

— Sim, não chegar perto — insisti e estalei o chicote. E como não fosse bastante, segurei o chicote nos dentes e joguei-lhe uma pedra.

E foi assim que, com a segurança possível, alcancei a ravina onde ficava a covanca do Povo Bestial. Lá me escondi como pude, de modo a observá-los e verificar como se estavam comportando depois daqueles terríveis acontecimentos. A morte de Moreau, o incêndio da casa, o fim de Montgomery havia bastante material novo para a meditação dos monstros. Reconheço agora o desastre que foi a minha covardia. Se houvesse atuado com mais intrepidez, teria já do primeiro momento retomado o cetro caído das mãos de Moreau. Em vez disso, estava ali a vacilar, a fingir-me de duro, mas Deus sabia com que terrores na alma.

Lá pelo meio-dia, reuniram-se vários por ali, sentados ao Sol. A voz imperiosa da sede e da fome começava a sobrepor-se a meus temores. Saí do esconderijo e, de revólver em punho, encaminhei-me para eles. Todos ergueram para mim os olhos, mas nenhum se moveu do lugar para saudar-me — e eu, muito abatido, não tive ânimo de lhes exigir aquela demonstração de respeito.

— Quero comer — disse-lhes ao aproximar-me.

— Na covanca há comida — foi a resposta simples que me deram.

Passei adiante e penetrei na covanca, onde encontrei frutas. Devorei-as com avidez. Havia várias repartições ali. Acolhi-me a uma delas e fechei como pude a entrada com paus secos, de modo que ficasse abrigado de surpresas. Sentei-me, de revólver em punho e cochilei. Depois dormi, exausto que estava. A armação da entrada desabaria, acordando-me, se alguém tentasse invadir o couto.

CAPÍTULO XXI
A reversão dos humanizados

E foi assim que o destino me agregou ao Povo Bestial da ilha do doutor Moreau. Quando acordei, vi-me envolto em trevas. Meu braço doía na tipoia. Sentei-me, tonto, sem no primeiro momento perceber onde estava. Ouvi vozeio fora. Depois recordei os últimos momentos da véspera e, através da barricada erguida à porta, pude vislumbrar a claridade da boca da furna. Meu revólver não me saíra da mão.

Perto de mim, distingui o rumor de uma respiração profunda, e, já mais afeito ao escuro, consegui divisar um vulto informe, agachado a um canto. Fiquei imóvel, tentando adivinhar quem fosse. O vulto moveu-se lentamente, aproximando-se, e breve senti uma impressão morna e úmida na mão.

Recolhi o braço com violência e retive na garganta um grito de horror. Por fim, compreendi o que se passava e guardei o revólver.

— Quem é você? — perguntei em voz baixa para assegurar-me.

— Sou eu, meu Senhor.

— Eu quem?

— Todos dizem que não há mais senhor. Mas eu sei, eu sei, porque eu levei ao mar os corpos dos que o meu senhor matou. Os corpos dos que morreram por terem rompido a Lei. Eu sou seu escravo, Senhor.

— Era você o que tentou aproximar-se de mim na praia?

— Sim, meu Senhor.

Aquela criatura deu-me funda impressão de sinceridade; se seus propósitos fossem hostis, ter-me-ia assaltado durante o sono.

— Está bem! — exclamei estendendo-lhe a mão para que a beijasse de novo, e comecei a refletir no que sua presença a meu lado representava. Meu ânimo subiu de ponto. — Onde andam os outros?

— Estão loucos. Estão desvairados — respondeu o cachorro-homem. — Neste momento, conversam todos juntos aqui fora. Eles dizem: "O Senhor morreu; o Outro do chicote também morreu. O Outro que veio do mar ficou só. Nós não temos mais Senhor nem mais Chicote nem mais Casa da Dor. Tudo acabou. Nós respeitamos a Lei, mas não há mais Dor nem

Senhor nem Chicote nunca mais". Assim dizem eles, mas eu sei, Senhor, eu sei.

Estendi a mão e acariciei a cabeça do cão-homem.

— Está bem, está bem.

— Meu Senhor vai matar todos eles? — indagou o cão-homem.

— Sim — respondi — vou matá-los a todos, depois de umas tantas coisas que tenho a fazer. Todos, exceto você, têm de ser mortos.

— O que o Senhor quiser matar o Senhor matará — disse o cão com uma certa satisfação na voz.

— Eles que fiquem na sua loucura até que o tempo chegue; depois lhes mostrarei quem é o Senhor.

— A vontade do meu Senhor seja feita

— murmurou o cão-homem, com o tato pronto da sua origem canina.

— Um pecou contra a Lei — continuei.

— A ele hei de matar onde quer que o encontre. Quando eu disser "É este", você lhe cairá em cima. E agora vou ter com o povo que está reunido aqui perto.

O cão-homem deixou meu cubículo e eu o segui, encontrando-me no lugar exato em que avistei Moreau com seu veadeiro. Mas era noite, e a ravina estava imersa em sombras; fora, em vez da paisagem iluminada de Sol que eu tivera naquele dia, só vi uma fogueira em torno da qual vultos negros se agitavam. Mais para além ficavam as massas da floresta. Sobre aquela mancha negra, a Lua principiava a levantar-se, no céu toldado pelo fumo.

— Venha comigo — ordenei, e saí sem dar tento às sombras que me espiavam dos outros compartimentos.

Ao chegar à fogueira, ninguém me fez a saudação do estilo, chegando alguns a me olhar agressivamente. Corri os olhos em torno à procura da hiena-porco, mas não a vi. Ao todo, umas vinte criaturas havia se juntado naquele ponto.

— Ele morreu, Ele morreu. O Senhor morreu — dizia a voz do macaco-homem à direita. — Não há mais Casa da Dor.

— Ele não morreu — berrei a plenos pulmões. — Ele está espiando a todos.

Esta afirmação os tonteou. Vinte pares de olhos cravaram-se em mim.

— A Casa da Dor não está lá, é certo, mas voltará — eu disse. — O Senhor não pode ser visto, mas tudo vê e tudo ouve do que se diz aqui.

— É verdade, é verdade — confirmou o cão-homem.

O grupo vacilava diante da minha firmeza. Um animal pode ser ferocíssimo e de grande astúcia; mas para bem mentir só o homem.

— O Homem de Braço Amarrado fala uma coisa bem estranha — advertiu um deles.

— Eu falo o que é. O Senhor e a Casa da Dor voltarão novamente. Ai daquele que quebrar a Lei!

Os brutos entreolharam-se, enquanto com afetada indiferença eu começava a dar golpes no chão com a machadinha. Eles notaram as feridas fundas que a arma abria no solo.

O sátiro então levantou uma dúvida, que eu respondi; um outro fez nova objeção e logo o debate se generalizou em redor da fogueira. Eu ia cada vez mais me assegurando da solidez da minha posição. Falava já com desembaraço e sem o atropelo nervoso do princípio. Dentro de uma hora havia convencido a quase todos da verdade das minhas afirmações, deixando apenas alguns duvidosos.

Conservei-me sempre de sobreaviso contra qualquer surpresa da hiena, mas não a vi reaparecer. Já os rumores súbitos não me assustavam tanto. A Lua ia subindo. Meus monstros entraram a bocejar e, ora ura, ora outro, foram-se recolhendo. Fiz o mesmo, não só para não ficar sozinho ali como por preferir estar com todos juntos do que com um ou outro apenas.

Foi dessa maneira que principiou a mais longa parte da minha estada na ilha do doutor Moreau. Daquela noite até o último dia em que lá estive, nada ocorreu, a não ser detalhes de nenhuma importância. Deixo, pois, de os referir para mencionar apenas o único incidente sério que me quebrou a monotonia daquele longo período de segregação forçada.

Recordando essa estranhíssima fase da minha vida, surpreende-me a rapidez com que me habituei aos costumes daqueles monstros e como lhes conquistei a confiança. Eu tinha com eles minhas disputas, é certo, e conservo ainda hoje umas cicatrizes das dentadas que levei; mas a minha habilidade em lançar pedras e desferir golpes de machete acabou por assentar a minha hegemonia. Além disso, a lealdade do São-Bernardo-homem foi-me de imenso valor. A escala em que as coisas eram ali medidas se baseava na capacidade de infligir ferimentos, e nessa matéria devo confessar que eu os sobrexcedia a todos, armado de minhas armas. Castiguei severamente a vários e assim me impus solidamente ao respeito.

A hiena-porco evitava-me e me obrigava a permanecer sempre em guarda. Meu inseparável cão-homem também a odiava e temia, e suponho que esse medo à hiena explicava, em grande parte, seu apego por mim. Convenci-me muito breve de que a temida fera já havia provocado sangue e regressado a seus instintos primevos, como sucedera ao leopardo-homem. Mudou-se para a floresta onde vivia solitária numa caverna.

Certo dia, tentei induzir o Povo Bestial a dar-lhe caça, mas não demonstrei suficiente autoridade para fazer-me obedecido. Em vista disso, de vez em quando, procurava aproximar-me do seu antro de modo a tê-la ao alcance do meu revólver; ela, porém, furtava-se a meus propósitos, farejando-me a tempo e fugindo. A hiena tornava perigosas para mim e os demais todas as trilhas da floresta. Emboscada por ali era perigosíssima. Por isso, o cão-homem não ousava afastar-se de mim.

Durante um mês, ou pouco mais, o Povo Bestial mostrou-se bastante humano, isto sem falar no cão-homem, cujos sentimentos de amizade e dedicação chegavam a ser excessivos. A preguiça cor-de-rosa também se me afeiçoara bastante, a ponto de seguir-me por toda parte. Já o macaco-homem me aborrecia. Pelo fato de ter cinco dedos, julgava-se meu igual e vivia a disputar comigo, dizendo as maiores bobagens. Uma coisa nele me interessou: uma fantástica habilidade em cunhar palavras novas. Sua ideia devia ser que falar correspondia a inventar nomes. Se eu dizia qualquer coisa fora do alcance do seu entendimento, pedia-me que repetisse, decorava aquilo e passava a repeti-lo a todos da ilha — mesmo que nada pescasse do sentido. Parece-me agora que era a mais estúpida criatura falante que ainda encontrei na vida, pois tinha aperfeiçoado a estupidez do homem sem perder nada da palhotice simiesca.

Eu estava nas últimas semanas do tempo que o destino me condenou a passar lá. Eles ainda respeitavam a Lei, comportando-se com certo decoro. Um dia, encontrei outro coelho despedaçado — evidentemente obra da hiena, e foi tudo que houve de grave em matéria de desrespeito aos mandamentos. Em começos de maio, porém, entrei a notar sintomas de mudança — mudança no falar, na marcha e uma nítida desinclinação para o uso da linguagem humana. Só meu macaco-homem fugia à regra, embora se fosse tornando mais incompreensível que nunca. Alguns chegaram a perder completamente a faculdade de falar. Apenas compreendiam o que eu dizia.

Poderá o leitor imaginar o caso de uma linguagem exata, perfeitamente humana, que se vai tornando fragmentária e reduzida a meros jatos de sons? Também o andar ia-se mudando. Era com dificuldade que conservavam a atitude ereta. Seguravam as coisas mais animalescamente e bebiam por sucção. Animalizavam-se, bestializavam-se, e não me saía da cabeça a expressão de Moreau: "a teimosa carne dos brutos". Estavam revertendo e muito rapidamente ao que haviam sido.

Alguns deles, sobretudo as fêmeas, começaram a abandonar as composturas de decência, e isso muito deliberadamente. Outros infringiam publicamente as regras da monogamia. A Lei ia perdendo toda sua força de autoridade. Até meu cão-homem se mostrava cada vez mais cão e menos homem; acentuavam-se suas qualidades de quadrúpede e ressurtia abundante o pelo. Apesar do nosso convívio ininterrupto, eu sentia sua mudança. Por fim, como a desordem e a desorganização crescessem na covanca, aquela habitação coletiva foi se tornando a mim repugnante, a ponto de tornar-me impossível a existência ali. Mudei-me para o cercado de pedra, onde construí uma choça de folhas de palmeira. Pude então observar que a lembrança das dores sofridas faziam daquele ponto um sítio maldito, do qual por coisa nenhuma os brutos se aproximariam.

Seria penoso enumerar minuciosamente todos os detalhes da degeneração (ou regeneração) daqueles monstros, ou dizer da perda de características humanas que se operava dia a dia. Foram abandonando os enxertos de Moreau e desfazendo-se das roupas, o que favorecia o rápido crescimento de pelos. As faces também iam perdendo o formato artificial que a vivissecção lhes dera e tornando ao comprido natural. A quase intimidade humana que com eles mantive nos primeiros tempos desaparecera como impossível.

Eram lentas as inevitáveis mudanças e sobrevinham sem nenhum choque tanto para os brutos como para mim. Eu ainda circulava entre eles com segurança, porque nenhum tropeção no declive por onde desciam favorecia a explosão da carga de animalismo em conflito interno com o humanismo. Porém, entrei a recear que de um momento para outro essa explosão se desse. Meu São-Bernardo-homem seguia-me sempre e morava comigo no cercado, permitindo-me, graças a sua vigilância, que eu dormisse em paz. A pequena preguiça cor-de-rosa, entretanto, que me mostrara afeição, foi-se fazendo arredia e já andava pelas árvores exatamente como uma preguiça não vivisseccionada. Estavam os habitantes da ilha no estado de equilíbrio em que se encontrariam animais adestrados a viver juntos na mesma jaula no momento em que o domador os deixasse sobre si mesmos.

Esses brutos, todavia, não se precipitaram para a animalidade completa dos ursos, lobos, tigres, macacos, porcos e touros comuns como podem ser vistos num jardim zoológico. Qualquer coisa da alteração causada pelos enxertos subsistia, detalhes, fragmentos. Moreau havia misturado as mais variadas animalidades, e no conflito resultante sempre predominava a influência de um dos elementos. Neste predominava o elemento urso, naquele o elemento lobo, e assim por diante. Uma espécie de animalismo generalizado aparecia em cada tipo através dos caracteres específicos. Apenas a espaços ressurtia neles um momentâneo desejo de falar, de andar sobre os dois pés na atitude ereta do homem, de usar as patas dianteiras como os humanos usam as mãos.

Também eu sofri minhas mudanças. As roupas em frangalhos deixavam entrever a pele requeimada de Sol. Os cabelos cresceram emaranhados, e suponho que meus olhos houvessem adquirido um brilho bem pouco humano. Também ganhei muito em agilidade de movimentos.

A princípio, passava a maior parte dos meus dias nos pontos mais elevados da costa, espiando o mar na ansiosa procura de uma vela salvadora. O "Ipecacuanha" devia regressar por aquele período, conforme eu ouvira dizer a bordo, mas não dera ainda nenhum sinal de si. Por cinco vezes, vi velas ao longe e fumaça de chaminés; nenhum desses barcos, porém, aproximou-se da ilha. Num bom ponto da praia, armei uma grande fogueira, que acendia cada vez que avistava um barco; mas como a ilha fosse vulcânica e sempre fumegante, esse sinal passava despercebido.

Lá pelo fim do ano, não me recordo se em setembro ou outubro, comecei a pensar na construção de uma jangada. Meu braço já havia sarado, de modo que me vi em condições de executar o serviço. A tarefa assustou-me a princípio, porque em toda a minha vida eu jamais carpinteirara coisa nenhuma; era, entretanto, o único recurso que me restava e pus-me à obra. Dias e dias gastei a cortar árvores, carreá-las e a amarrar os troncos uns nos outros. Cordas não havia nem nada com que pudesse fazê-las, e quanto aos cipós, abundantes na floresta, não encontrei nenhum com a resistência necessária. Mais de duas semanas gastei remexendo o entulho do incêndio e as cinzas da fogueira feita com os destroços dos barcos, para recolher tudo quanto fosse prego, arame ou chapa de ferro que me tivesse alguma utilidade. Era frequente vir algum bruto me espiar, mas logo fugia, se eu o chamava. Depois sobreveio a estação chuvosa, com grandes aguaceiros, o que me atrasou grandemente a obra. A despeito de tudo, porém, tive um dia o gosto de ver minha jangada pronta para a nova aventura sobre o mar.

Que prazer me causou a realização daquela obra! Entretanto, eu a havia construído muito distante da água, a mais de uma milha, e no transporte foi-se desconjuntando. Perdi-a. Talvez fosse isso providencial, pois estava evidentemente mal amarrada e o desconjuntamento no oceano seria de consequências muito mais funestas. Nisso não pensei, entretanto, e aquele inesperado fracasso lançou-me no maior dos desesperos, fazendo-me cair durante dias num desânimo absoluto. Nesse trágico período, vi-me varrido de todas as esperanças e só pensei na morte.

Um incidente sobreveio que tudo salvou — isto é, que me salvou de mais tempo de demora numa ilha onde a animalidade dos seus habitantes já se sobrepusera à humanidade enxertada por Moreau e que, portanto, ia-me ficando cada vez mais perigosa. Eu estava, certa tarde, deitado à sombra do muro de pedra com os olhos no mar quando senti um contato na sola do pé. Voltei-me de brusco: era a preguicinha cor-de-rosa. Olhava-me com aqueles olhos enviesados das preguiças. O retorno à animalidade dera-lhe maior desenvolvimento aos músculos e às garras. Grunhiu quando a encarei e afastou-se, parando logo adiante para mirar-me.

A princípio não lhe compreendi a manobra, mas qualquer coisa me advertiu que ela queria que eu a seguisse — e assim o fiz, despreocupadamente. Quando alcançou a fímbria da floresta, o animalzinho deixou a terra e pôs-se a caminhar por cima das árvores, onde se movia com maior rapidez.

Numa clareira logo adiante, horrível espetáculo se me antolhou. Meu São-Bernardo-homem jazia por terra, morto, e junto a seu cadáver a hiena encolhida lacerava-lhe as carnes entre roncos de deleite. Ao perceber minha aproximação, ergueu os olhos ferozes e arreganhou ameaçadoramente a dentuça sangrenta. Não subsistia nela nenhum traço da humanização tentada por Moreau. Avancei de revólver em punho. Tinha-a, afinal, ao alcance do meu tiro.

O monstro não fez menção de fugir. Suas orelhas dobraram-se para trás, os pelos eriçaram e o corpo ganhou o boleio do bote. Apontei no centro da testa e fiz fogo. Porém, a hiena pôde ainda dar o salto que armara, caindo-me com as unhas na face. Perdi o equilíbrio e fui ao chão. Felizmente a bala na cabeça agira depressa e a fera logo perdeu as forças, morta. Esgueirei-me de sob seu corpo em convulsões e, com tremuras nos músculos, pus-me a contemplar o trespasse do feroz inimigo. Era aquilo o choque inicial com o Povo

Bestial, já completamente desumanizado, ou quase.

Queimei os dois corpos numa fogueira de folhas e galhos secos e voltei para o cercado com a certeza de que se não fugisse da ilha no menor tempo possível a minha perda seria fatal. Os brutos já haviam de muito abandonado a vida em comum na ravina e andavam esparsos pela floresta, cada qual no seu antro. De dia, pouco circulavam; passavam o tempo a dormir; a noite era a hora da atividade, como usam as feras em estado selvagem. Por esse motivo aquelas paragens davam durante o dia a impressão de um deserto absoluto, em contraste com a noite cheia de rumores, urros, grunhidos e todas as vozes da animalidade.

Eu planejara realizar um massacre completo da população, por meio de mundéus ou em luta corporal, a faca, já que a munição do revólver chegara ao fim. Entretanto, não tive ânimo. Além disso, ponderei que já estava livre dos carnívoros mais perigosos e ferozes. Depois da morte do meu fiel companheiro, tive de mudar de regime; passei a dormir de dia para ficar alerta durante a noite. Reconstruí minha cabana dentro do cercado, fazendo-a com uma abertura de saída de dimensões mínimas e ajeitada de modo que a penetração pelo lado de fora não fosse fácil nem rápida; poderia assim reagir, ou teria tempo de reagir se algum intruso viesse me incomodar. As criaturas haviam perdido a arte de fazer fogo e voltavam a se apavorar com ele, como sucede aos animais selvagens. Isso me valeu muito, pois fiquei sendo o único senhor do fogo na ilha. Reorganizada a defesa, dei começo ao fabrico da nova jangada.

Encontrei mil dificuldades. Nasci completamente destituído de habilidade manual; não sou da era em que as escolas passaram a ensinar a destreza mecânica, o *slodj* dos suecos, e por isso perdi muito tempo em tentativas para articular os troncos e o mais da carpinteiragem. Minha preocupação era agora a resistência ao desconjuntamento para que não acontecesse com a segunda o que aconteceu à primeira. Esbarrei logo na dificuldade de obter vasilhas onde levar água doce.

Pensei em cozer vasos de argila; não encontrando este material, tive um violento acesso de cólera e desespero — o desespero da impotência. Foi o período mais trágico da minha vida naquele deserto.

Os fados proporcionaram-me, afinal, um dia maravilhoso, um verdadeiro dia de êxtase. Uma vela apareceu a sul, vela pequena de uma galeota minúscula. Imediatamente acendi a fogueira e todo o dia passei com os olhos ferrados naquele ponto branco que poderia representar a salvação. Tamanha era a minha ânsia que não me lembrei nem de comer nem de beber. Os brutos da ilha, atraídos pelo fogo, vinham espiar-me de longe. Parecia aproximar-se a galeota, mas ainda singrava muito distante quando a noite sobreveio. Passei-a ao lado da fogueira, a alimentar fogo e rodeado de olhos que fulguravam nas trevas. Ao romper do dia, vi a galeota mais próxima, tão mais perto que pude verificar ser um bote de vela. Meus olhos cansados recusavam-se a acreditar no que viam. Um bote! A salvação!...

Vinham nele dois homens, sentados um à proa, outro no leme. Mas o bote navegava estranhamente. Não se conservava no rumo que eu queria. Vinha como derivando ao sabor das ondas.

Quando a luz do dia permitiu melhor visão, comecei a agitar na ponta de uma vara o último trapo que me restava sobre o corpo. Pareceu-me que a bordo não davam tento de nada; os dois homens continuavam sentados. Corri ao extremo do promontório coralino e acenei de novo o trapo, e gritei, gritei. Não tive resposta e o bote seguiu seu rumo errado, lentamente. Súbito um grande pássaro branco voou da embarcação sem que nenhum dos homens desse tento a isso. Descreveu no ar uns regiros lentos e depois desceu velocíssimo, raspando o mar como rasoura. Lento e lento ia o bote singrando para oeste. Parei de gritar e fiquei de olhos arregalados, tonto de desespero. Quis nadar para ele, mas o terror se apossara de mim. Pela tarde, entretanto, a maré lançou-o à praia, onde encalhou a oeste do cercado de pedra.

Fui encontrar os dois homens mortos — e mortos de muito tempo porque caíram aos pedaços quando lhes pus as mãos em cima. Tinha um deles o cabelo ruivo como o do capitão da "Ipecacuanha"; no fundo do bote, vi seu boné branco. Enquanto, estarrecido, eu olhava para aquilo, três ou quatro criaturas da ilha apareceram à fímbria da floresta, em cautelosa aproximação. Era tempo de fugir. Empurrei o bote para a água e saltei dentro. Fiquei assim livre, destacado da ilha maldita. Duas das criaturas, lobos-homens, avançavam farejando o ar, com os olhos reluzentes; a terceira, uma daquelas inconcebíveis misturas de urso e touro. Quando as vi se achegarem aos miseráveis despojos que eu alijara do bote e notei o brilho dos dentes brancos que se arreganhavam, o horror que eu sentia subiu de ponto. Não pude acompanhar a cena. Voltei o rosto e entreguei-me a manobras para afastar-me dali o mais depressa possível.

Essa noite trágica passei-a bordejando entre o promontório e a ilha; na manhã seguinte, desci em terra para tomar água num barrilete encontrado no bote. Pude também recolher boa quantidade de frutas silvestres, que me garantissem a alimentação por algum tempo, e consegui ainda dois coelhos com os últimos cartuchos que me restavam. Enquanto isso, ficara o bote amarrado a uma ponta de pedra no extremo do promontório.

CAPÍTULO XXII
O homem solitário

AO CAIR DA TARDE, FIZ-ME AO MAR APROVEITANDO A fraca brisa sudoeste e naveguei vagarosamente, mas com segurança; a ilha foi-se tornando cada vez menor, com a coluna de fumo da sulfureira a adelgaçar-se no céu incendiado pelos clarões do poente. A luz gloriosa do Sol ia morrendo e, por fim, desapareceu para dar lugar ao infinito lucilar das estrelas. Estavam calmas as águas, o céu tranquilo e eu... e eu sozinho entre as duas imensidades.

Flutuei ao acaso durante três dias, correndo e bebendo o mínimo e refletindo sobre meu terrível passado, sem grande esperança de retornar ao seio da humanidade. Era-me, porém, um alívio ver-me liberto da vida de pesadelos da ilha do doutor Moreau. Farrapos imundos vestiam meu corpo; meus cabelos não passavam da mais inconcebível maranha. Fui feliz. No terceiro dia, um brigue que de Apia seguia para S. Francisco me recolheu. Nem o capitão nem o imediato nem ninguém de bordo quis admitir a minha história. Tomaram-me por louco. Isso me fez refrear as confidências e nada mais dizer sobre a infinidade de horrores que me encheram a vida a partir do naufrágio do "Lady Vain".

Tive de agir com muita circunspecção para desconfirmar naqueles homens a primeira suspeita de loucura. Minhas recordações da Lei de Moreau, dos dois marinheiros podres encontrados no bote perdido, das emboscadas nas trevas, do cadáver do vivisseccionista como o vi no matagal, não cessavam de atormentar-me. E por estranho que o pareça, meu retorno para a sociedade humana, em vez de trazer-me a simpatia que eu esperava, trouxe-me uma estranha agravação da incerteza e do terror que tanto me atormentaram na ilha. Essa inquietação traduzia-se exteriormente por uma fantástica maneira de considerar os homens e as coisas que tinha em redor de mim, e sinceramente não duvido que depois do meu retorno eu passasse por um período de séria alteração das faculdades mentais.

Dizem que o terror é doença, e disso posso dar testemunho. Durante muito tempo, um terror ininterrupto supliciou meu espírito, um terror incessante como o poderá experimentar um tigre recém-domado. Minha inquietação assumia a mais estranha forma. Não podia convencer-me de que os homens e as mulheres que via fossem realmente homens e mulheres, homens e mulheres "para sempre", perfeitamente racionais, dotados de reais qualidades humanas, emancipados dos instintos bestiais e não escravizados à Lei. Não podia crer que fossem seres diferentes dos instintos bestiais e não escravizados a esperar que de um momento para outro retornassem à bestialidade de que tinham saído.

Não espero ver-me jamais totalmente livre do desarranjo de espírito que me causou a tremenda aventura. O pesadelo da ilha agita-se sempre nas profundezas do meu ser. Miro e remiro as criaturas humanas e sinto medo. Vejo-lhes nas caras a animalidade oculta; vejo o que está reprimido; não vejo a serena tranquilidade do racional que não teme regressão. Pressinto que o animal vai de um momento para outro retomar a dianteira e que a desumanização se fará em escala monstruosa. Bem sei que essas apreensões não têm fundamento e que todos que me rodeiam e me parecem homens e mulheres são realmente homens e mulheres, absolutamente fixos, seres racionais, libertos dos instintos selvagens e de leis fantásticas como a que imperava na ilha; mas, apesar disso, fujo-lhes dos olhares e só tenho calma quando estou completamente só.

É esse o motivo pelo qual vivo no campo, em sítio onde possa refugiar-me na solidão quando o medo me recresce na alma. Afastei-me das cidades e passo a vida entre meus livros — essas portas de luz que se abrem para a alma. Convivo com pouca gente, evito estranhos e tenho o mínimo de serviçais. Meus dias são dedicados a experiências de química, e as noites, ao estudo sereno da astronomia. A contemplação do céu estrelado causa-me uma impressão de paz e de infinita proteção. É lá, no estudo das leis eternas da matéria e não nos cuidados e aflições da vida citadina, que o homem se ergue para além do que ainda remanesce de animalidade brutesca em seu íntimo. Conheci essa animalidade muito de perto. Não admira que me aterrorize tanto.

EDWARD PRENDICK